AF295567

Alexandre Pouchkine

© 2023 Culturea Editions

Texte et illustration de couverture : © domaine public
Edition : Culturea (Hérault, 34)
Contact : infos@culturea.fr
Retrouvez notre catalogue sur http://culturea.fr
Imprimé en Allemagne par Books on Demand
Design typographique : Derek Murphy
Layout : Reedsy (https://reedsy.com/)

Dépôt légal : janvier 2023
Tous droits réservés pour tous pays

ISBN : 9791041911295

Table des matières

RÉCITS DE FEU IVAN PÉTROVITCH BIELKINE

ÉDITÉS PAR A. P.

(1830)

MME PROSTAKOVA : Mitrophane, depuis son enfance, est amateur d'histoires.
SKOTININE : Tout comme moi.

FONZIVINE, *Le Mineur*.

AVIS DE L'ÉDITEUR

Ayant entrepris la publication des *Récits* d'I. P. Bielkine, que nous présentons aujourd'hui au public, nous avons cru devoir y joindre une biographie, si brève soit-elle, du défunt auteur, de manière à satisfaire à la légitime curiosité des amateurs de notre littérature nationale. À cette fin, nous nous étions adressés à Maria Alexiéievna Trafilina, la plus proche parente et héritière d'Ivan Pétrovitch Bielkine. Malheureusement il lui fut impossible de nous fournir le moindre renseignement sur le défunt, car elle ne l'avait point connu. Elle nous conseilla de nous adresser, à fins utiles, au très honorable X***, vieil ami d'Ivan Pétrovitch. Nous suivîmes donc ce conseil et, à la lettre que nous lui écrivîmes, nous reçûmes la réponse souhaitée. Nous la reproduisons ici sans modifications ni commentaires — précieux témoignage d'idées élevées et d'une amitié touchante, et d'autre part, renseignement biographique satisfaisant.

*Très honoré Monsieur ***,*

J'ai eu l'avantage de recevoir, ce 23 courant, votre honorée du 15 de ce même mois, dans laquelle vous exprimez le désir d'avoir des renseignements détaillés sur les dates de la naissance et de la mort, sur les services, la vie de famille, ainsi que sur les occupations et le caractère de feu Ivan Pétrovitch Bielkine, mon fidèle et ancien ami et voisin. C'est avec le plus grand plaisir que je satisfais à votre attente, et vous communique, Monsieur, tout ce dont je puis me souvenir de ses entretiens, ainsi que mes observations personnelles.

Ivan Pétrovitch Bielkine naquit de parents honnêtes et nobles, en l'année 1798, dans le village de Gorioukhino. Feu son père, le commandant Piotr Ivanovitch Bielkine, avait pris pour femme la demoiselle Pélaguéya Gavrilovna, née Trafilina. C'était un homme peu fortuné, mais de besoins modérés, et fort habile dans la gérance de ses terres. Leur fils reçut ses rudiments du sacristain du village. C'est à cet homme honorable qu'Ivan Pétrovitch semble avoir dû son goût pour la lecture et pour nos lettres russes. En 1815 il prit du service dans un régiment de chasseurs (dont le numéro m'échappe), où il servit jusqu'en 1823. La mort de ses parents, survenue presque en même temps, l'amena à prendre sa retraite et à rentrer au village de Gorioukhino, son patrimoine.

Lorsqu'il prit en main l'administration de ses terres, Ivan Pétrovitch, autant par inexpérience que par bonté, négligea bien vite ses affaires et compromit l'ordre rigoureux établi par feu son père. Il congédia le staroste, homme consciencieux et adroit, dont les paysans se plaignaient, selon leur habitude, et remit la gérance de tous ses biens à la vieille ménagère qui avait su gagner sa confiance par son art de conter les histoires. Une vieille sotte incapable de différencier un assignat de vingt-cinq roubles d'un de cinquante ! Marraine de tous les paysans, ceux-ci ne la craignaient guère ; le staroste élu par eux tous était de connivence avec eux et filoutait tant et si bien qu'Ivan Pétrovitch se vit obligé d'abolir la corvée et de réduire la taille ! Mais là encore, profitant de sa faiblesse, les paysans obtinrent pour la première année une exemption considérable et, les années suivantes, payèrent plus des trois quarts de leur dû avec des noix, des airelles, etc. Malgré quoi, il restait encore des arrérages.

En tant qu'ami de feu le père d'Ivan Pétrovitch, je considérai comme mon devoir d'offrir mes conseils également à son fils ; et à maintes reprises, je me mis à sa disposition pour rétablir l'ordre compromis par sa négligence. Dans ce but, m'étant un jour rendu chez lui, je demandai à voir les livres de comptes, et fis comparaître le staroste voleur. Le jeune propriétaire me prêta d'abord toute l'attention et toute l'application désirables, mais lorsque les comptes démontrèrent que, durant les deux dernières années, le nombre des paysans avait augmenté, tandis qu'avait considérablement diminué le cours de la volaille et du bétail, Ivan Pétrovitch, satisfait de ce premier renseignement, cessa de me suivre ; et au moment même où mes recherches et mon interrogatoire sévère parvenaient à jeter cette canaille de staroste dans une confusion extrême et à le réduire au silence, j'entendis, à mon grand dépit, Ivan Pétrovitch ronfler sur sa chaise. Depuis lors je cessai de me mêler de son administration, et je remis ses affaires (ainsi qu'il fit lui-même) à la volonté du Très-Haut. Ceci n'a du reste nullement troublé nos relations amicales : compatissant à sa faiblesse et à cette funeste incurie qu'il partageait avec tous les jeunes gens de notre noblesse, j'aimais sincèrement Ivan Pétrovitch. Et d'ailleurs, comment ne pas aimer un jeune homme aussi doux et aussi honnête ? De son côté, Ivan Pétrovitch témoignait de la considération pour mon âge, et m'était cordialement dévoué. Il me vit presque journellement jusqu'à sa mort, attachant du prix à la simplicité de mes propos, encore que nous ne nous ressemblions guère, ni par nos habitudes, ni par nos idées, ni *par nos caractères. Ivan Pétrovitch menait une vie des plus calmes, et évitait tout excès : il ne m'est jamais arrivé de le voir entre deux vins (chose qui dans notre contrée peut être considérée comme un miracle inouï) ; par contre il avait un très grand penchant pour le beau sexe, mais sa pudeur était véritablement virginale[1].*

En plus des Récits dont vous avez bien voulu faire mention dans votre lettre, Ivan Pétrovitch a laissé une quantité de manuscrits dont vous trouveriez chez moi une bonne partie ; le reste fut employé par sa ménagère pour divers besoins domestiques : ainsi, l'hiver dernier, toutes les fenêtres de sa maison furent calfeutrées avec la première partie d'un roman inachevé.

Les Récits ci-dessus mentionnés furent, je crois bien, son premier essai. Ils sont – je le tiens d'Ivan Pétrovitch lui-même – véridiques pour la plupart et lui furent racontés par diverses personnes[2].

Toutefois les noms propres sont presque tous de son invention, tandis que les noms de localités et de villages sont empruntés à notre district : ce qui fait que mon domaine se trouve également mentionné. Ceci provient non pas de quelque malicieuse arrière-pensée, mais bien uniquement d'un défaut d'imagination.

---

[1] Suit une anecdote que nous omettons, la considérant comme superflue. Nous assurons du reste le lecteur qu'elle ne comporte rien de répréhensible pour la mémoire d'Ivan Pétrovitch.

[2] Effectivement dans le manuscrit de M. Bielkine, on trouve en tête de chaque récit une note de la main de l'auteur : « Me fut raconté par un tel » (suit le grade, la condition et les initiales du prénom et du nom). Notons, pour les exégètes curieux, que *Le Maître de poste* lui fut raconté par le conseiller titulaire A. G. N. ; *Le Coup de pistolet*, par le lieutenant-colonel I. P. L. ; *Le Marchand de cercueils* par le commis B. V. ; *La Tempête de neige* et *La Demoiselle-paysanne*, par Mlle K. I. T.

En automne 1828, Ivan Pétrovitch prit un froid qui se transforma en fièvre chaude, et mourut malgré les soins inlassables de notre médecin communal, homme fort savant, surtout dans le traitement de maladies invétérées, telles que cors aux pieds ou autres maux de ce genre. Il mourut dans mes bras, à l'âge de trente ans, et fut enseveli à l'église du village de Gorioukhino, près de feu ses parents.

Ivan Pétrovitch était de taille moyenne, avait des yeux gris, les cheveux blonds, un nez droit, le teint clair, le visage maigre.

Voici, très honoré Monsieur, tout ce dont je puis me souvenir, concernant le genre de vie, les occupations, le caractère et l'extérieur de feu mon voisin et ami. Mais dans le cas où vous auriez l'intention de faire usage de cette lettre, je vous prierai très respectueusement de ne point mentionner mon nom, car bien que j'aime et estime beaucoup les littérateurs, je trouve inutile et inconvenant à mon âge de me commettre dans cette corporation.

Avec ma parfaite considération, je vous prie d'agréer, etc.

Bourg de Nénaradovo, 16 novembre 1830

Estimant de notre devoir de respecter la volonté de l'honorable ami de notre auteur, nous lui adressons notre très profonde gratitude pour les renseignements qu'il a bien voulu nous fournir et espérons que les lecteurs en apprécieront la sincérité et la candeur.

A. P.

LE COUP DE PISTOLET

I

« Nous allâmes sur le pré. »

BARATYNSKI.

*« Je m'étais juré de l'abattre, selon les
lois du duel qui me donnaient encore
droit à tirer. »*

Un soir au bivouac.

Nous avions nos quartiers dans la localité de X***. Ce qu'est la vie de garnison d'un officier, on le sait de reste. Le matin, exercice, manège, repas chez le commandant du régiment ou dans une auberge juive ; le soir, punch et cartes. – À X*** aucune maison ne nous était ouverte ; point de jeunes filles à marier ; nous nous réunissions les uns chez les autres, où nous ne voyions rien que nos uniformes.

Un seul homme appartenait à notre société sans être militaire. Il avait environ trente-cinq ans, ce qui faisait que nous le considérions comme un vieillard. Son expérience lui donnait sur nous maints avantages ; de plus, sa morosité habituelle, son caractère rude et sa mauvaise langue exerçaient une forte influence sur nos jeunes esprits. Sa vie s'enveloppait d'une sorte de mystère ; on le croyait Russe, mais il portait un nom étranger. Autrefois il avait servi dans les hussards et avec succès, disait-on ; personne ne savait la raison qui l'avait poussé à prendre sa retraite et à s'installer dans cette triste bourgade, où il vivait à la fois pauvrement et avec prodigalité ; il allait toujours à pied, vêtu d'une redingote noire usée, mais tenait table ouverte pour tous les officiers de notre régiment. À vrai dire, son dîner ne se composait que de deux ou trois plats préparés par un soldat retraité, mais le champagne y coulait à flots. Personne ne savait rien de sa fortune non plus que de ses revenus, au sujet de quoi personne n'osait s'enquérir. Il avait des livres : surtout des livres militaires, mais aussi des romans. Il les prêtait volontiers, et ne les réclamait jamais ; par contre, il ne rendait jamais les livres qu'il empruntait. Le tir au pistolet occupait le meilleur de son temps. Les murs de sa chambre, criblés de trous de balles, ressemblaient à des rayons de ruche. Une belle collection de pistolets était le seul luxe de la pauvre masure où il vivait. Il était devenu d'une adresse incroyable et, s'il s'était proposé d'abattre un fruit posé sur une casquette, aucun de nous n'eût craint d'y risquer sa tête. Nos conversations avaient souvent trait au duel : Silvio (je l'appellerai ainsi) ne s'y mêlait jamais. Lui demandait-on s'il lui était arrivé de se battre, il répondait sèchement « oui », mais n'entrait dans aucun détail et l'on voyait que de telles questions lui étaient désagréables. Nous supposions qu'il avait sur la conscience quelques malheureuses victimes de sa redoutable adresse. Loin de nous l'idée de soupçonner en lui rien qui ressemblât à de la crainte. Il y a des gens dont l'aspect seul écarte de telles pensées. Un fait inattendu nous étonna tous.

Un jour, dix de nos officiers dînaient chez Silvio. On avait bu comme d'ordinaire, c'est-à-dire énormément ; après le dîner, on pria l'hôte de tenir une banque. Il refusa d'abord, car il ne jouait presque jamais, mais finit pourtant par faire apporter des cartes, jeta sur la table une cinquantaine de pièces d'or et commença de tailler. Nous l'entourâmes, et le jeu s'engagea. Silvio, en jouant, gardait d'habitude un silence absolu ; avec lui jamais de discussions ni d'explications. S'il arrivait à un ponteur de se tromper dans ses comptes, il payait aussitôt ce qui manquait ou inscrivait l'excédent. Nous savions cela et ne l'empêchions pas d'agir à sa guise ; mais parmi nous se trouvait un officier transféré à X*** depuis peu. En jouant, il fit par distraction un paroli de trop. Silvio prit la craie et, selon son habitude, rétablit le compte. L'officier, croyant à une erreur de Silvio, se jeta dans des explications. Silvio continuait à tailler silencieusement. L'officier perdant patience saisit la brosse et effaça ce qui lui paraissait inscrit à tort. Silvio, reprenant la craie, l'inscrivit à nouveau. L'officier, échauffé par le vin, le jeu et le rire des camarades, s'estima grandement offensé, saisit sur la table un chandelier de cuivre et l'envoya furieusement contre Silvio, qui réussit tout juste à parer le coup. Nous étions tous anxieux. Silvio se leva, blême de colère, et dit avec des yeux étincelants : « Monsieur, veuillez sortir, et remerciez Dieu que ceci se soit passé dans ma maison. »

Nous ne doutions pas des suites et considérions déjà notre nouveau camarade comme mort. L'officier s'en alla, disant qu'il était prêt à répondre de l'offense comme il conviendrait à Monsieur le banquier. La partie se prolongea encore quelques minutes ; mais, sentant que notre hôte n'était plus au jeu, nous lâchâmes pied l'un après l'autre et retournâmes chez nous, en causant de cette prochaine place vacante.

Le jour suivant, au manège, nous doutions si le pauvre lieutenant était toujours en vie, quand il parut lui-même au milieu de nous. Nous l'interrogeâmes. Il répondit n'avoir eu encore aucune nouvelle de Silvio. Cela nous étonna. Nous nous rendîmes chez Silvio ; il était dans sa cour, logeant balle sur balle dans l'as collé à la porte cochère. Il nous reçut comme à l'ordinaire et ne souffla mot de ce qui s'était passé la veille. Trois jours s'écoulèrent ; le lieutenant vivait encore. Et nous nous étonnions : « Est-il possible que Silvio ne se batte pas ? »

Silvio ne se battit pas. Il se contenta d'une très légère explication.

Cela lui fit un tort extraordinaire dans l'opinion de la jeunesse. La couardise est la chose que les jeunes gens excusent le moins, car ils voient d'ordinaire dans le courage le mérite suprême et l'excuse de tous les vices. Cependant peu à peu tout fut oublié, et Silvio se ressaisit de son prestige.

Moi seul, je ne pus plus me rapprocher de lui. Ayant par nature une imagination romanesque, j'étais auparavant, plus que tout autre, attaché à cet homme dont la vie restait une énigme et qui me semblait le héros de quelque mystérieux roman.

Il m'aimait ; du moins étais-je le seul avec qui Silvio se départait de sa médisance pour parler de différentes choses avec une bonhomie et un charme extraordinaires. Mais, depuis la malheureuse soirée, je ne pouvais cesser de penser à cette tache faite à son honneur, tache qu'il négligeait volontairement de laver, et qui m'empêchait de me conduire avec lui comme autrefois ; j'avais honte de le regarder. Silvio était trop intelligent et trop fin pour ne pas s'en apercevoir et ne pas deviner les raisons de ma réserve. Il semblait s'en affecter ; du moins remarquai-je chez lui plusieurs fois le désir de s'expliquer avec moi ; mais j'évitais ces occasions, et Silvio s'éloigna de moi. Je ne le rencontrai plus qu'en présence des camarades, et c'en fut fait de nos conversations intimes.

Les habitants affairés de la capitale imaginent mal quantité d'émotions bien connues des campagnards et des gens des petites villes, par exemple l'attente du jour du courrier : le mardi et le vendredi, la chancellerie de notre régiment s'emplissait d'officiers, les uns attendaient de l'argent, les autres des lettres, d'autres encore des journaux. Les paquets, habituellement, étaient décachetés sur place, les nouvelles communiquées, et tout cela offrait un tableau des plus animés. Silvio, qui recevait des lettres à l'adresse de notre régiment, se trouvait là d'ordinaire. Un beau jour on lui remit un pli dont il fit aussitôt sauter le cachet avec des signes d'extrême impatience. En parcourant la lettre, ses yeux étincelaient. Tout occupés par leur courrier, les autres officiers n'avaient rien remarqué.

« Messieurs, s'écria Silvio, les circonstances exigent que je m'absente immédiatement ; je partirai cette nuit ; j'espère que vous ne me refuserez pas de venir dîner chez moi une dernière fois. Je compte sur vous, poursuivit-il en s'adressant à moi ; sans faute. »

Puis il sortit précipitamment, et nous nous en fûmes chacun de notre côté après être convenus de nous réunir chez Silvio.

J'arrivai chez Silvio à l'heure dite et retrouvai chez lui presque tous les officiers du régiment. Ses paquets étaient déjà faits ; rien ne restait plus que les murs nus criblés de balles. Nous nous mîmes à table ; notre hôte était particulièrement bien disposé, et bientôt la gaieté devint générale ; les bouchons sautaient à tout instant, le champagne moussait dans les coupes, et très chaleureusement nous souhaitâmes au partant heureux voyage et tout le bonheur possible.

Nous quittâmes la table fort tard. Après que chacun eut trouvé sa casquette, Silvio, ayant dit adieu à tous, me prit par le bras et me retint au moment même où je me disposais à partir.

« Il faut que je vous parle », dit-il à voix basse.

Je demeurai. Sitôt que les invités nous eurent laissés, nous nous assîmes Silvio et moi, l'un en face de l'autre et allumâmes nos pipes en silence. Silvio était préoccupé ; de sa gaieté convulsive il ne restait plus trace. Sa pâleur ténébreuse, ses yeux étincelants et l'épaisse fumée qui sortait de sa bouche lui donnaient l'aspect d'un vrai diable. Quelques minutes passèrent ; Silvio rompit enfin le silence.

« Peut-être ne nous reverrons-nous plus jamais, me dit-il. Avant la séparation j'ai voulu m'expliquer avec vous. Vous avez pu remarquer que je fais peu de cas de l'opinion d'autrui ; mais je vous aime et il me serait pénible de laisser dans votre esprit une impression fausse. »

Il s'arrêta et se mit à bourrer une nouvelle pipe. Je me taisais, baissant les yeux.

« Il a pu vous paraître étrange, continua-t-il, que je n'aie pas exigé réparation de cet ivrogne étourdi, R***. Vous conviendrez que, ayant le droit de choisir les armes, sa vie était entre mes mains, tandis que la mienne était à peine exposée ; je pourrais attribuer ma retenue à ma seule magnanimité, mais je ne veux point mentir... Si j'avais pu punir R*** sans risquer ma vie, je ne lui aurais pardonné pour rien au monde. »

Je regardai Silvio avec étonnement. Un tel aveu me confondait. Silvio continua :

« Oui, parfaitement ! Je n'ai pas le droit de m'exposer à la mort. Il y a six ans j'ai reçu un soufflet, et mon ennemi est encore vivant. »

Ma curiosité était fortement excitée.

« Vous ne vous êtes pas battu avec lui ? demandai-je. Les circonstances vous ont probablement séparés ?

– Je me suis battu avec lui, répondit Silvio, et voici ce qui en témoigne. »

Silvio se leva et sortit d'un carton un bonnet rouge galonné avec une houppe dorée (ce que les Français appellent *bonnet de police*) ; il s'en coiffa ; le bonnet était traversé d'une balle à un doigt du front.

« Vous savez que j'ai servi dans le régiment de hussards de ***, continua Silvio. Mon caractère vous est connu : je suis habitué aux premières places. Dans ma jeunesse je les briguais avec passion. De notre temps, la débauche était à la mode ; j'étais le plus grand tapageur de l'armée. Nous faisions parade de nos soûleries. Je l'emportais même sur le fameux Bourtsov, chanté par Denis Davydov. Les duels, dans notre régiment, étaient des plus fréquents ; à chacun d'eux je servais de témoin, lorsque je n'y prenais pas une part active. Mes camarades m'adoraient et les commandants du régiment, remplacés sans cesse, me regardaient comme un fléau nécessaire.

« Avec ou sans tranquillité je jouissais de ma gloire, jusqu'au jour où un jeune homme riche et de grande famille (je ne veux pas le nommer) fut incorporé chez nous. De ma vie je n'avais rencontré un si brillant enfant gâté de la Fortune. Imaginez la jeunesse, l'esprit, la beauté, la gaieté la plus folle, la bravoure la plus insouciante, un nom illustre, de l'argent à n'en jamais manquer et à n'en savoir jamais le compte ; vous comprendrez facilement l'effet qu'il devait produire parmi nous. Ma supériorité chancela. Attiré par ma gloire, il allait rechercher mon amitié ; je l'accueillis avec tant de froideur qu'il s'éloigna de moi sans le moindre regret.

« Je l'avais pris en haine. Ses succès au régiment et dans la société des femmes me jetaient dans le plus grand désespoir. Je me mis à lui chercher querelle ; à mes épigrammes il répondait par des épigrammes qui me paraissaient toujours plus inattendues et plus acerbes que les miennes, et qui certes étaient bien plus gaies ; il plaisantait et moi j'étais fielleux. Un jour enfin, à un bal chez un châtelain polonais, le voyant l'objet de l'attention de toutes les femmes et particulièrement de la châtelaine avec qui j'avais une liaison, je lui soufflai à l'oreille quelque plate grossièreté. Il s'emporta et me gifla. Nous nous jetâmes sur nos sabres ; les dames s'évanouirent ; on nous sépara de force, et la même nuit nous partîmes pour nous battre.

« Moi et mes témoins nous nous trouvâmes au point du jour à l'endroit désigné. Avec une impatience inexprimable j'attendais mon adversaire. Le soleil printanier se leva et mûrissait déjà. J'aperçus l'autre de loin : il s'avançait à pied, laissant traîner son manteau sur le sabre, accompagné d'un seul témoin. Nous allâmes à sa rencontre. Il tenait une casquette remplie de cerises. Les témoins mesurèrent douze pas. C'était à moi de tirer ; mais le dépit m'agitait si violemment que je cessai de compter sur la sûreté de ma main, et, pour me donner le temps de me ressaisir, je lui offris de tirer le premier. Il refusa. On décida de s'en remettre au sort : le bon numéro échut à cet éternel favori de la Fortune. Il visa, et sa balle traversa ma casquette. C'était mon tour. Sa vie était enfin entre mes mains ; je le regardais avec avidité, guettant sur son visage la moindre ombre d'inquiétude. Et, tandis que je le tenais en joue, il choisissait dans sa casquette les cerises mûres en crachant vers moi les noyaux qui m'atteignaient presque. Son sang-froid me rendit furieux. " À quoi bon, pensais-je, le priver d'une vie à laquelle il attache si peu de prix ? " Une pensée perfide se glissa dans mon esprit. J'abaissai mon pistolet.

« " Mourir, en ce moment, lui dis-je, il ne vous en chaut guère ; vous déjeunez, je n'ai pas envie de vous déranger.

« – Vous ne me dérangez nullement, répliqua-t-il, veuillez tirer... Au surplus, faites comme il vous plaira ; vous gardez droit à votre coup ; je reste à vos ordres. "

« Je me tournai vers les témoins, leur déclarant que, pour l'instant, je n'avais pas envie de tirer ; et le duel se termina ainsi...

« Je pris ma retraite et m'enfouis dans cette bourgade. Depuis lors, pas un jour ne s'est passé que je n'aie songé à la vengeance. Aujourd'hui mon heure est venue. »

Silvio tira de sa poche la lettre qu'il avait reçue le matin et me la donna à lire. Quelqu'un de Moscou (probablement son homme d'affaires) lui écrivait que la *personne en question* allait prochainement s'unir en légitime mariage avec une fille jeune et de grande beauté.

« Vous devinez, dit Silvio, quelle est cette *personne en question*. Je vais à Moscou. Nous verrons si, la veille de son mariage, il accepte la mort avec autant d'indifférence qu'il l'attendait naguère en mangeant des cerises. »

À ces mots, Silvio se leva, jeta à terre sa casquette et se mit à marcher de long en large dans la chambre, comme un tigre en cage.

Je l'écoutais sans bouger ; des sentiments étranges, contradictoires, m'agitaient. Le domestique entra et annonça que les chevaux étaient prêts. Silvio me serra la main fortement ; nous nous embrassâmes. Il monta dans la voiture où se trouvaient deux valises : l'une avec les pistolets, l'autre contenant ses effets. Après de nouveaux adieux, les chevaux partirent au galop.

II

Quelques années plus tard, des raisons de famille m'obligèrent à m'installer dans un pauvre petit village du district de N***. Tout en m'occupant des questions domestiques, je ne cessais de soupirer après ma vie d'autrefois, insouciante et mouvementée. Le plus difficile était de m'habituer à passer les soirées de printemps et d'hiver dans une complète solitude. Je me traînais tant bien que mal jusqu'au dîner, causant avec le staroste, visitant les champs ou faisant le tour des nouveaux établissements ; mais, dès l'approche du crépuscule, je ne savais que devenir. Je connaissais par cœur le peu de livres dénichés sous les armoires ou dans les réduits. Tous les contes dont pouvait se souvenir ma ménagère Kirilovna, elle me les avait ressassés ; les chansons des paysannes me rendaient triste. Je me serais mis à boire, si l'alcool ne m'eût donné mal à la tête ; de plus, j'avais peur de devenir *ivrogne par tristesse*, c'est-à-dire un de ces tristes pochards comme on n'en trouve que trop dans notre district.

Autour de moi, pas de proches voisins, sinon deux ou trois de ces ivrognes dont la conversation se composait surtout de hoquets et de soupirs. La solitude était préférable. À la fin je décidai de dîner le plus tard et de me coucher le plus tôt possible ; ainsi j'écourtai les soirées, ajoutant à la longueur du jour ; j'estimai que *bonus erat*.

À quatre verstes de chez moi s'étendait la riche propriété de la comtesse B*** qui, du reste, n'était habitée que par le régisseur ; la comtesse n'avait visité son domaine qu'une seule fois, l'année de son mariage, et encore n'y avait-elle pas séjourné plus d'un mois. Cependant, au second printemps de ma réclusion, le bruit se répandit que la comtesse et son mari viendraient passer l'été dans leur campagne. En effet, ils arrivèrent au début du mois de juin.

L'arrivée d'un riche voisin est un événement important pour les habitants des campagnes. Les propriétaires et leurs gens en parlent deux mois à l'avance et en reparlent trois ans après. Quant à moi, je l'avoue, la nouvelle de la venue d'une jeune et belle voisine me fit une grande impression ; je brûlais d'impatience de la voir, et, le premier dimanche après leur arrivée, je me rendis après dîner au village de N*** pour me recommander à Leurs Excellences comme leur plus proche voisin et leur très humble serviteur.

Un laquais m'introduisit dans le cabinet du comte et alla m'annoncer. La vaste pièce était meublée avec tout le luxe imaginable ; le long des murs, des armoires garnies de livres ; sur chaque armoire un buste de bronze ; au-dessus d'une cheminée de marbre, une large glace. Le parquet était recouvert d'une moquette verte, elle-même jonchée de tapis.

Depuis longtemps n'ayant plus l'occasion, dans mon pauvre coin, de voir rien de fastueux, je me sentais intimidé et j'attendais le comte avec l'appréhension d'un solliciteur de province qui fait antichambre chez un ministre.

La porte s'ouvrit et laissa entrer un homme d'une trentaine d'années, très beau. Le comte s'approcha de moi d'un air avenant et amical ; je me ressaisis de mon mieux et j'allais décliner mes qualités, mais il coupa court. Nous nous assîmes. Sa conversation libre et enjouée dissipa promptement ma gêne ; je recouvrais mon aisance lorsque tout à coup parut la comtesse et la confusion m'envahit de plus belle. La comtesse était d'une grande beauté. Le comte me présenta ; je voulais paraître à mon aise, mais plus je m'efforçais de prendre un air dégagé, plus je me sentais gauche. Pour me donner le temps de me remettre et de me faire à cette nouvelle connaissance, le comte et la comtesse se mirent à parler entre eux, me traitant en bon voisin et sans cérémonie. Cependant je me promenais de long en large, examinant les livres et les tableaux. Je ne suis pas connaisseur en peinture, pourtant une toile attira mon attention. Elle représentait un paysage suisse quelconque ; et ce n'est pas que la peinture m'eût frappé, mais la toile appliquée au mur gardait trace de deux balles fichées l'une sur l'autre.

« Un beau coup, dis-je en m'adressant au comte.

— Certes, un coup bien remarquable. Êtes-vous bon tireur ? continua-t-il.

— Passable, répondis-je, content que la conversation touchât enfin un sujet qui me fût familier. À trente pas je ne manque pas une carte à jouer ; bien entendu avec des pistolets que je connaisse.

— Vraiment ! fit la comtesse d'un air de grande attention. Et toi, mon ami, mettrais-tu une balle dans une carte à trente pas ?

— Un jour nous essayerons, reprit le comte ; dans le temps j'étais un tireur passable. Mais voici quatre ans que je n'ai pas manié de pistolet.

— En ce cas, je gage que Votre Excellence ne percerait pas une carte à vingt pas ; le pistolet demande un exercice journalier : je le sais par expérience. Dans notre régiment je passais pour un des meilleurs tireurs. Il m'advint une fois de rester tout un mois sans toucher à un pistolet ; les miens étaient en réparation. Eh bien ! que pensez-vous, Excellence ? La première fois que je me remis à tirer, à vingt pas, je manquai quatre fois de suite une bouteille. Nous avions un capitaine qui aimait la plaisanterie ; il se trouvait là et me dit : " Diantre, mon ami ! tu me parais avoir un fameux respect pour les bouteilles ! " Croyez-moi, Excellence, il ne faut pas négliger cet exercice, sinon on risque de perdre la main. Le meilleur tireur qu'il m'arriva de rencontrer tirait tous les jours au moins trois fois avant son dîner. C'était réglé chez lui comme son verre de vodka. »

Le comte et la comtesse étaient ravis de me voir lier conversation.

« Et que valait son tir ? demanda le comte.

— Jugez-en, Excellence : voyait-il par exemple une mouche se poser sur le mur... Vous riez, comtesse ? je vous jure que c'est vrai... Or donc, voyait-il une mouche : " Kouzka ! appelait-il alors, Kouzka ! un pistolet. " Kouzka lui apportait un pistolet chargé. Boum ! et voici la mouche enfoncée dans le mur.

— C'est stupéfiant, fit le comte ; et comment s'appelait-il ?

— Silvio, Excellence.

— Silvio ! s'écria le comte en se levant brusquement. Vous avez connu Silvio ?

— Comment ne l'aurais-je pas connu, Excellence ! Nous étions amis ; il était accueilli dans notre régiment comme un vieux camarade ; mais depuis cinq ans déjà je suis sans aucune nouvelle de lui. Votre Excellence le connaissait-elle aussi ?

— Je l'ai connu ; je l'ai très bien connu. Ne vous a-t-il pas conté une très singulière aventure ?

— Ne s'agit-il, pas, Excellence, d'un soufflet qu'il reçut d'un écervelé à un bal ?

— Et vous a-t-il dit le nom de cet écervelé ?

– Non, Excellence, il ne me l'a pas dit. Ah ! Votre Excellence, continuai-je, devinant la vérité, pardonnez-moi... j'ignorais... serait-ce vous ?...

– Moi-même, répondit le comte avec un air d'émotion extrême ; et vous voyez sur ce tableau la marque de notre dernière rencontre.

– Ah ! mon cher ! dit la comtesse, pour l'amour de Dieu, ne continue pas, c'est trop affreux.

– Non, répliqua le comte, je vais tout raconter ; il sait comment j'avais offensé son ami, qu'il apprenne aussi comment Silvio se vengea. »

Le comte m'offrit un fauteuil et j'entendis avec la plus vive curiosité le récit suivant :

« Il y a cinq ans, je me suis marié. J'ai passé ici, dans cette campagne, le premier mois, *the honey moon*. Cette maison où se sont écoulés les meilleurs instants de ma vie me rappelle aussi de très pénibles souvenirs.

« Un soir que nous sortions ensemble à cheval, celui de ma femme se cabra ; elle prit peur, me remit la bride et rentra à pied à la maison. Je l'avais devancée. Dans la cour j'aperçus une voiture ; on me dit qu'un homme m'attendait dans ma bibliothèque ; il n'avait pas voulu se nommer, mais simplement dit qu'il avait affaire avec moi. J'entrai dans cette pièce-ci et vis dans l'obscurité un homme, couvert de poussière, à la barbe inculte ; il se tenait debout ici, près de la cheminée. Je m'approchai, cherchant à reconnaître ses traits.

« – Tu ne me remets pas, comte ? dit-il d'une voix tremblante.

« – Silvio ! m'écriai-je, et j'avoue que je sentis les cheveux se dresser sur ma tête.

« – À tes ordres, reprit-il. C'est à mon tour de tirer ; je suis venu pour décharger mon pistolet ; es-tu prêt ?

« Un pistolet sortait de sa poche de côté. Je mesurai douze pas et me mis là, dans le coin, le priant de tirer au plus vite, avant que ma femme ne revînt.

« Mais il prit son temps et réclama de la lumière. On apporta des bougies. Je fermai la porte à clef, défendant l'entrée à qui que ce fût et de nouveau je le priai de tirer. Il sortit son pistolet et visa... Je comptais les secondes... je pensais à elle... une horrible minute passa ! Silvio abaissa le bras.

« – Je regrette, dit-il, que mon pistolet ne soit pas chargé avec des noyaux de cerises... le plomb est lourd... Ça n'a plus l'air d'un duel, mais bien d'un assassinat ; je n'ai pas accoutumé de mettre en joue un homme sans armes. Recommençons et que le sort décide qui de nous tirera le premier.

« La tête me tournait... Je crois que je ne consentais pas... Enfin nous chargeons un second pistolet ; nous roulons deux billets ; il les met dans la casquette, autrefois traversée par ma balle ; je sors de nouveau le numéro un.

« – Tu as une chance diabolique, comte, dit-il avec un sourire que je n'oublierai jamais.

« Je ne comprends pas ce qui se passa en moi, ni comment il put m'y forcer... Mais je tirai et je crevai ce tableau (le comte désigna du doigt le tableau percé de balles ; son visage était en feu ; la comtesse était plus blanche que son mouchoir ; je ne pus retenir une exclamation).

« Je tirai, continua le comte, et, Dieu merci, je le manquai ;
alors Silvio... (en ce moment il était vraiment effrayant) Silvio se
mit à me viser. Soudain la porte s'ouvre. Macha entre en courant et avec un cri aigu se jette à mon cou. Sa présence me rendit tout mon courage.

« – Chère, lui dis-je, ne vois-tu donc pas que nous plaisan-
tons ? Comme tu t'effrayes ! Va boire un verre d'eau et reviens.
Je te présenterai un vieil ami et camarade.

« Macha ne me croyait toujours pas.

« – Mon mari dit-il la vérité ? demanda-t-elle, en s'adressant au terrible Silvio. Est-ce vrai que vous plaisantez tous les
deux ?

« – Il plaisante toujours, comtesse, lui répondit Silvio : une
fois il me gifla en plaisantant ; en plaisantant il traversa d'une
balle cette casquette que voici ; en plaisantant il vient de me
manquer ; maintenant c'est à mon tour de plaisanter...

« À ces mots il voulut me mettre en joue devant elle. Macha
se jeta à ses pieds.

« – Relève-toi, Macha, c'est une honte ! m'écriai-je avec fureur. Quant à vous, monsieur, cesserez-vous de railler une pauvre femme ? Oui ou non, voulez-vous tirer ?

« – Je ne tirerai pas, répondit Silvio, je suis satisfait : j'ai vu
ton trouble, ta frayeur ; je t'ai forcé de tirer sur moi. Nous sommes quittes. Tu te souviendras de moi. Je te livre à ta conscience.

« Il allait sortir, mais s'arrêta à la porte, se retourna vers le
tableau que j'avais troué, tira presque sans viser et disparut.

« Ma femme était évanouie ; mes gens n'osaient arrêter Silvio et le regardaient avec terreur. Il sortit sur le perron, héla le postillon et partit avant que j'eusse le temps de recouvrer mes esprits. »

Le comte se tut. Voici comment j'appris la fin de l'histoire dont le début m'avait tellement frappé jadis.

Je n'ai plus jamais rencontré notre héros. On dit que, lors de la révolte d'Alexandre Ypsilanti, Silvio commandait un détachement des hétéristes et qu'il fut tué dans la bataille de Sculani.

LA TEMPÊTE DE NEIGE

Galopant entre les talus blancs
Les chevaux foulent la neige profonde.
À l'écart, voici qu'apparaît
Une chapelle solitaire.

....

Soudain la bourrasque s'élève ;
La neige tombe en flocons épais.
Au-dessus du traîneau, le corbeau
Tournoie et fait siffler son aile ;
Sa voix augurale prédit le malheur !
Les chevaux que talonne l'angoisse
Scrutent des yeux le lointain noir
Et leurs crinières se hérissent.

JOUKOVSKI.

À la fin de l'année 1811, époque mémorable pour nous, vivait sur sa terre de Nénaradovo le bon Gavrila Gavrilovitch R***. Son hospitalité et sa bonhomie étaient célèbres dans le pays ; ses voisins venaient souvent chez lui, les uns pour manger, boire, faire une partie de boston à cinq kopeks avec sa femme Praskovia Pétrovna ; d'autres pour contempler Maria Gavrilovna, leur fille. Cette svelte et pâle demoiselle de dix-sept ans passait pour un riche parti, et nombreux étaient ceux qui songeaient à elle, soit pour eux-mêmes, soit pour leurs fils.

Maria Gavrilovna était nourrie de romans français, et par conséquent amoureuse. L'objet aimé, un pauvre enseigne, passait alors le temps de son congé dans sa campagne. Il va sans dire que ce jeune homme brûlait également d'une grande passion pour Maria Gavrilovna. Mais les parents de la jeune fille, s'étant aperçus de cette inclination réciproque, accueillirent l'enseigne plus mal qu'un assesseur retraité et défendirent à leur fille de penser plus longtemps à lui.

Nos amants s'écrivaient, et de plus se retrouvaient tous les jours seuls dans un bosquet de pins ou près d'une vieille chapelle. C'est là qu'ils se juraient un amour éternel, se lamentaient contre le sort, et formaient maints projets. Correspondant ou conversant de la sorte, ils en vinrent (ce qui est bien naturel) au raisonnement suivant : « Si nous ne pouvons respirer l'un sans l'autre et si la volonté de parents cruels s'oppose à notre félicité, ne devons-nous pas passer outre ? »

Cette heureuse idée, comme de juste, vint d'abord à l'esprit du jeune homme, et plut infiniment à l'imagination romanesque de Maria Gavrilovna.

L'hiver mit fin aux rendez-vous ; mais la correspondance n'en devint que plus active. Vladimir Nicolaïevitch, dans chacune de ses lettres, suppliait Maria Gavrilovna de se confier à lui, de consentir à un mariage secret, puis à la fuite ; plus tard, après quelque temps de vie cachée, ils reviendraient se jeter aux pieds des parents ; ceux-ci ne laisseraient pas d'être enfin touchés par tant d'héroïque constance et diraient sûrement aux amants infortunés : « Enfants, venez dans nos bras ! »

Maria Gavrilovna hésita longtemps ; quantité de projets d'évasion furent repoussés. En fin de compte, elle céda : on convint d'un jour où elle se retirerait sans souper dans sa chambre, prétextant un fort mal de tête. Sa servante était dans le complot ; toutes deux gagneraient le jardin par une porte dérobée ; là, se trouverait un traîneau préparé, où elles monteraient pour se rendre à cinq verstes de Nénaradovo, dans le village de Jadrino, tout droit à l'église où Vladimir serait à les attendre.

La veille du jour fatal, Maria Gavrilovna ne dormit point de toute la nuit ; elle fit ses paquets, emballa linge et vêtements, écrivit une longue lettre à son amie, une demoiselle sensible, et une autre à ses parents. Dans les termes les plus touchants, elle leur disait adieu, alléguait, en excuse à sa faute, l'irrésistible force de sa passion et terminait en disant qu'elle considérait comme l'instant le plus heureux de sa vie celui où il lui serait permis de se jeter aux pieds de ses parents adorés.

Après avoir scellé les deux lettres avec un cachet de Toula, sur lequel étaient gravés deux cœurs enflammés avec une devise assortie, elle se jeta sur son lit et s'endormit à la pointe du jour ; mais des rêves effrayants la réveillaient à chaque instant. Tantôt il lui semblait qu'à la minute même où elle montait dans le traîneau pour aller se marier, son père l'arrêtait, la traînait dans la neige avec une frénésie douloureuse, puis la précipitait dans un gouffre sombre et sans fond... et brusquement elle tombait avec un indicible arrêt du cœur ; tantôt elle voyait Vladimir étendu sur l'herbe, pâle et ensanglanté. En mourant il la suppliait d'une voix stridente de hâter leur mariage... Les visions hideuses et insensées se succédaient ainsi l'une à l'autre. Elle se leva enfin, plus pâle que d'habitude, avec un mal de tête qui cette fois n'était pas feint.

Ses parents remarquèrent son trouble ; leur tendre prévenance et leurs incessantes questions : « Qu'as-tu, Macha ? — N'es-tu pas malade, Macha ? » lui déchiraient le cœur. Elle s'efforçait de les rassurer, de paraître gaie, mais en vain. Le soir arriva. La pensée que ce jour était le dernier qu'elle avait à vivre au milieu de sa famille lui serrait le cœur. Elle se sentait à peine vivante ; elle disait secrètement adieu à toutes les personnes, à tous les objets qui l'entouraient. On servit le souper ; son cœur se mit à battre plus fort ; alors d'une voix tremblante elle déclara qu'elle n'avait pas faim et prit congé de son père et de sa mère. Ceux-ci l'embrassèrent et lui donnèrent leur bénédiction comme de coutume ; Macha faillit pleurer. Arrivée dans sa chambre, elle se laissa tomber dans un fauteuil et fondit en larmes. Sa servante fit de son mieux pour la calmer et lui redonner du courage.

Tout était prêt. Dans une demi-heure, Macha devait dire adieu pour toujours à la maison paternelle, à sa chambre, à sa paisible existence de jeune fille...

Au-dehors, une tempête de neige : le vent hurlait, les volets secoués claquaient ; partout menaces et tristes présages. Bientôt le silence se fit dans la maison ; tout s'endormit. Macha s'enveloppa d'un châle, puis revêtit une chaude capote, prit en main sa cassette et sortit par l'escalier dérobé. Sa servante la suivait, portant deux paquets. Elles descendirent au jardin et le traversèrent à grand-peine ; la bourrasque ne s'apaisait pas ; le vent soufflait comme pour arrêter la fuite de la jeune coupable. Un traîneau les attendait sur la route. Les chevaux transis de froid ne tenaient plus en place : le cocher de Vladimir retenait leur impatience tout en battant la semelle. Il aida la jeune fille et la servante à s'installer et à arranger les paquets et la cassette, saisit les rênes et les chevaux partirent...

Confions la jeune fille au soin du destin et au zèle du cocher Tériochka, et revenons à notre jeune amant.

Vladimir avait employé sa journée à des démarches : d'abord auprès du prêtre de Jadrino, avec qui il ne s'entendit qu'à grand-peine ; puis auprès des propriétaires du voisinage pour s'assurer de trois témoins. Le premier auquel il s'était présenté, Dravine, cornette quadragénaire en retraite, avait volontiers consenti. Cette aventure, assurait-il, lui rappelait l'ancien temps et les frasques des hussards. Il avait insisté pour que Vladimir restât à dîner, lui certifiant que, pour les deux autres témoins, il les trouverait sans peine aucune ; et, en effet, aussitôt après le dîner, vinrent en visite l'arpenteur Schmidt avec ses moustaches et ses éperons, et le fils du capitaine de district, jeune homme de seize ans, incorporé depuis peu dans les uhlans. Non seulement ils acceptèrent la proposition de Vladimir, mais encore lui jurèrent qu'ils étaient prêts à lui sacrifier leur vie. Vladimir les serra dans ses bras avec transport et retourna chez lui pour achever ses préparatifs.

Depuis longtemps déjà le jour était tombé. Vladimir envoya à Nénaradovo, avec sa troïka, son fidèle Tériochka chargé d'instructions détaillées ; puis il fit atteler un petit traîneau à un cheval et, seul, sans cocher, partit pour Jadrino, où deux heures après Maria Gavrilovna devait le rejoindre. Il connaissait la route : on n'en avait que pour une vingtaine de minutes.

Mais Vladimir ne fut pas plus tôt dans la campagne que le vent commença à souffler, soulevant une telle tourmente de neige qu'on en était tout aveuglé. En un instant, le chemin fut recouvert ; les alentours disparurent dans une brume jaunâtre et trouble à travers laquelle tourbillonnaient les blancs flocons ; le ciel se confondit avec la terre. Vladimir se trouva dans un champ et s'efforça vainement de rejoindre la route. Le cheval avançait au hasard, montant sur les tas de neige, descendant dans les fossés, le traîneau versait à chaque instant. Vladimir s'évertuait à conserver la bonne direction. Plus d'une demi-heure s'était certainement écoulée et il n'avait pas encore atteint le bois de Jadrino. Dix minutes passèrent ; on ne voyait toujours pas le bois. Vladimir traversait une plaine coupée de profonds ravins. La bourrasque ne se calmait pas, le ciel restait obscur. Le cheval peinait ; Vladimir ruisselait de sueur, bien qu'à tout moment il enfonçât dans la neige jusqu'à mi-corps.

Il dut se convaincre qu'il avançait dans une fausse direction. Il s'arrêta, rassembla ses souvenirs et se persuada qu'il devrait obliquer sur la droite. Son cheval n'en pouvait plus. Depuis plus d'une heure qu'on était en route, Jadrino ne devait plus être loin. On peinait, on peinait, et le champ ne finissait pas !... Rien que des amoncellements de neige et des ravins ; et le traîneau versait, et il le redressait encore. Le temps passait. L'inquiétude s'empara de Vladimir.

Enfin au loin se profila quelque chose. Il se dirigea de ce côté. En s'approchant il vit que c'était un bois. « Dieu soit loué ! pensa-t-il, nous voici maintenant tout près. » Il longea la lisière, dans l'espoir de retrouver tout de suite le chemin connu, ou de contourner le bois. Le village de Jadrino devait se trouver immédiatement derrière. Bientôt Vladimir découvrit une route qui s'enfonçait dans l'ombre des arbres dénudés par l'hiver. Ici l'on était à l'abri du vent ; le chemin était lisse ; le cheval reprit courage et Vladimir se tranquillisa.

Ils avancèrent et avancèrent, mais on ne voyait pas Jadrino ; le bois n'en finissait pas. Vladimir comprit avec terreur qu'il s'était fourvoyé dans une forêt inconnue. Le désespoir alors l'envahit ; il frappa son cheval ; la pauvre bête prit le trot, puis exténuée se remit au pas au bout d'un quart d'heure, en dépit des efforts de l'infortuné Vladimir.

Pourtant enfin les arbres s'espacèrent, la forêt cessa, mais on ne voyait toujours point Jadrino. Des larmes jaillirent de ses yeux ; il devait être près de minuit. Vladimir reprit la route au hasard. La tempête s'apaisa, les nuages se dissipèrent ; devant lui d'immenses ondes blanches s'étendaient. La nuit se fit assez claire. Il vit, tout près, un petit hameau de quatre ou cinq chaumières. Vladimir s'y rendit. Devant la première chaumière il sauta du traîneau, courut à la fenêtre et se mit à frapper. Au bout de quelques minutes le volet de bois se souleva et un vieillard sortit sa barbe blanche.

« Que veux-tu ?

— Est-ce que Jadrino est loin ?

— Si Jadrino est loin ?

– Oui, oui ; est-ce loin ?

– Non, pas très loin : une dizaine de verstes d'ici. »

À cette réponse, Vladimir s'arracha les cheveux, puis demeura immobile comme un homme condamné à mort.

« Et d'où viens-tu ? » continua le vieillard.

Vladimir n'avait pas le courage de répondre.

« Peux-tu, vieil homme, me procurer des chevaux pour Jadrino ? dit-il.

– Des chevaux ? Quels chevaux veux-tu que nous ayons ? répondit le paysan.

– Peux-tu du moins me procurer un guide ? je le payerai ce qu'il voudra.

– Attends, fit le vieillard en abaissant le volet ; je vais t'envoyer mon fils, il te conduira. »

Vladimir attendait. Au bout d'une minute à peine, il frappa de nouveau. Le volet se souleva, la barbe réapparut.

« Que veux-tu ?

– Eh bien ! ton fils ?

– Il va venir tout de suite : il se chausse. Si tu as froid, entre te chauffer.

– Merci ; envoie vite ton fils. »

La porte grinça ; un gars sortit qui tenait un gourdin ; il prit les devants, tantôt indiquant, tantôt cherchant le chemin enseveli sous la neige.

« Quelle heure est-il ? lui demanda Vladimir.

– Il va bientôt faire jour », répondit le jeune paysan.

Vladimir ne dit plus un mot.

Les coqs chantaient et il faisait déjà clair lorsqu'ils arrivèrent à Jadrino. L'église était fermée. Vladimir paya le guide et alla chez le prêtre. La troïka n'était pas dans la cour. Qu'allait-il apprendre !

Mais retournons chez nos bons propriétaires de Nénaradovo et voyons ce qui s'était passé chez eux.

Il ne s'était rien passé du tout.

Les vieux parents se levèrent et entrèrent au salon comme à l'ordinaire, Gavrila Gavrilovitch en bonnet de nuit et veston de flanelle, Praskovia Pétrovna en robe de chambre ouatée. On apporta le samovar, et Gavrila Gavrilovitch envoya une servante demander à Maria Gavrilovna si elle avait passé une bonne nuit et comment elle allait ce matin. La servante revint, annonçant que Mademoiselle avait mal dormi, mais que maintenant elle se sentait mieux et qu'elle allait descendre tout de suite. En effet, la porte s'ouvrit et Maria Gavrilovna vint souhaiter le bonjour à son père et à sa mère.

« Comment va ta tête, Macha ? demanda Gavrila Gavrilovitch.

– Bien mieux, papa, répondit Macha.

– Ta cheminée a dû fumer hier, dit Praskovia Pétrovna.

– Cela se peut, petite mère », répondit Macha.

La journée se passa comme de coutume, mais, dans la nuit, Macha tomba malade. On envoya à la ville quérir un médecin. Celui-ci arriva vers le soir et trouva la jeune fille dans le délire. Une fièvre chaude s'était déclarée, et la pauvre Macha, durant deux semaines, fut au bord de la tombe.

Personne dans la maison ne savait rien de la fuite. Les lettres écrites la veille avaient été brûlées ; la femme de chambre ne dit rien à personne, redoutant le courroux des maîtres. Le prêtre, le cornette retraité, l'arpenteur moustachu et le petit uhlan furent discrets, et pour cause ! Quant au cocher Tériochka, il ne disait jamais rien de trop, même lorsqu'il était ivre. Ainsi le secret fut gardé par plus d'une demi-douzaine de complices. Mais Maria Gavrilovna, dans son continuel délire, se trahissait elle-même. Toutefois, ses paroles étaient incohérentes à tel point que sa mère, qui ne quittait pas son chevet, put seulement comprendre que Macha aimait à en mourir Vladimir Nicolaïevitch, et que probablement cet amour était la cause de sa maladie. Elle délibéra avec son mari et quelques voisins ; tous enfin, d'un commun accord, décidèrent que tel était évidemment le lot de Maria Gavrilovna, que « nul n'évite celui que la destinée nous envoie », que « pauvreté n'est pas vice », que « ce n'est pas la richesse qui fait le bonheur, mais bien de vivre avec celui qu'on aime », et ainsi de suite. Les proverbes sont particulièrement utiles dans les cas où, de nous-mêmes, nous ne trouvons pas grand-chose pour nous justifier.

Cependant la jeune fille commençait à se remettre. Depuis longtemps on ne voyait plus Vladimir dans la maison de Gavrila Gavrilovitch : il craignait l'accueil coutumier. On décida de l'envoyer chercher en lui annonçant cette nouvelle qui devait l'emplir de joie : les parents consentaient au mariage. Mais quel ne fut pas l'étonnement des hôtes de Nénaradovo, lorsqu'en réponse à leur invitation, ils reçurent de Vladimir une lettre à peine intelligible. Il leur déclara qu'il ne remettrait jamais les pieds dans leur maison et les priait d'oublier un malheureux dont la mort restait l'unique espérance. Quelques jours plus tard ils apprirent que Vladimir était parti pour l'armée. C'était en 1812.

Pendant longtemps on n'osa pas parler de cela devant Macha convalescente. Elle-même ne faisait jamais allusion à Vladimir. Quelques mois plus tard, il lui arriva de lire son nom parmi ceux des combattants qui s'étaient distingués et avaient été grièvement blessés à Borodino ; elle s'évanouit et l'on craignit une nouvelle attaque de fièvre chaude. Mais grâce à Dieu, cet évanouissement n'eut pas de suite.

De nouveau le malheur la frappa : Gavrila Gavrilovitch mourut, la laissant héritière de ses biens. Cet héritage ne la consola point ; elle partageait sincèrement le chagrin de la pauvre Praskovia Pétrovna et jura de ne jamais se séparer d'elle. Toutes deux quittèrent Nénaradovo, lieu de tristes souvenirs et s'en allèrent vivre dans la campagne de N***.

Là aussi les prétendants s'empressèrent autour de la charmante et riche fiancée ; mais elle ne donnait à aucun d'eux le moindre espoir. Parfois sa mère la poussait à faire choix d'un ami de cœur ; Maria Gavrilovna secouait la tête et demeurait pensive. Vladimir n'existait plus : il était mort à Moscou la veille de l'entrée des Français dans la ville. Son souvenir semblait sacré pour Macha ; du moins avait-elle conservé tout ce qui pouvait le lui rappeler : des livres qu'il avait lus autrefois, ses dessins, la musique et les vers qu'il avait copiés pour elle. Les voisins, au courant de tout, s'étonnaient de sa constance et attendaient avec curiosité la venue du héros devant qui céderait enfin la triste fidélité de cette virginale Artémise.

La guerre s'acheva glorieusement. Nos régiments revenaient de l'étranger. Le peuple courait à leur rencontre. La musique jouait les chansons des pays conquis : *Vive Henri IV*, des valses tyroliennes et des airs de *Joconde*. Les officiers, partis pour la campagne presque adolescents, revenaient mûris dans l'air des batailles et couverts de décorations. Les soldats conversaient gaiement et mêlaient dans leurs phrases des mots allemands ou français. Époque inoubliable ! Temps de gloire et d'enthousiasme ! Avec quelle force le mot « Patrie » faisait battre un cœur russe ! Combien douces étaient les larmes du revoir ! En chacun de nous le sentiment de la fierté nationale et l'amour pour le Tsar se fondaient. Quant au Tsar lui-même, quels instants il vivait !

Les femmes, les femmes russes étaient alors incomparables ! Leur froideur habituelle cédait, et, avec un enthousiasme enivré, elles criaient : « Hourra ! » devant l'arrivée des vainqueurs.

Et bonnets de voler dans l'air.

Est-il un officier d'alors qui ne reconnaîtrait avoir reçu de la femme russe sa meilleure et sa plus précieuse récompense ?...

En ce temps glorieux, Maria Gavrilovna, retirée avec sa mère dans le gouvernement de N***, ne pouvait se figurer comment les deux capitales fêtaient le retour des armées. Mais en province et dans les villages, l'enthousiasme général était peut-être plus grand encore. L'apparition d'un officier y était l'occasion d'un véritable triomphe, et le galant en habit civil faisait piètre figure.

Nous avons déjà dit qu'en dépit de sa froideur Maria Gavrilovna était, tout comme autrefois, entourée de prétendants. Mais tous durent se retirer lorsque, dans son château, parut Bourmine, colonel des hussards, blessé, la croix de Saint-

Georges à la boutonnière et avec « une intéressante pâleur », comme disaient en ce temps les demoiselles.

Il avait environ vingt-six ans. Il était venu en congé dans ses terres, toutes proches du village de Maria Gavrilovna. Elle le distingua tout particulièrement. En sa présence son habituelle mélancolie s'animait. Ce n'était pas qu'elle fît la coquette, mais le poète devant son attitude eût pu dire :

Se amor non è, che dunque ?...

Bourmine était évidemment un très aimable jeune homme. Il avait le genre d'esprit qui plaît aux femmes : un esprit fait de décence et d'observation, plein de raillerie insouciante et sans prétention aucune. Ses manières en face de Maria Gavrilovna étaient simples et libres ; mais son âme et son regard suivaient sans cesse tous ses propos et tous ses gestes. Il paraissait d'un caractère doux et modeste, mais on disait qu'autrefois il avait été très dissipé ; cela ne lui nuisait guère dans l'opinion de Maria Gavrilovna qui (comme toutes les jeunes dames en général) excusait bien volontiers les fredaines qui témoignent de la hardiesse et de l'ardeur d'un caractère.

Mais, plus que tout (plus que sa tendresse, plus que son agréable conversation, plus que l'intéressante pâleur, plus que son bras en écharpe), le silence du jeune hussard excitait sa curiosité et son imagination. Elle était bien forcée de reconnaître qu'elle lui plaisait ; de son côté, avec son esprit et son expérience, il avait dû remarquer qu'il avait été distingué par elle ; comment n'était-il pas encore à ses pieds ? comment n'avait-elle point encore entendu sa déclaration ? qu'est-ce qui le retenait ? Était-ce timidité inséparable d'un véritable amour, fierté ou coquetterie d'un astucieux séducteur ? Voilà qui restait une énigme pour elle. Après mûre réflexion, c'est sur le compte de la timidité qu'elle mit l'excessive réserve du jeune homme ; elle décida donc de l'encourager en lui marquant plus d'attention et même, si les circonstances le lui permettaient, de la tendresse.

Elle aspirait à un dénouement fatidique et attendait avec impatience la minute de la déclaration romanesque. Un secret, de quelque nature qu'il soit, pèse toujours au cœur des femmes.

Ses stratagèmes eurent le succès désiré ; du moins Bourmine tomba dans une telle mélancolie et ses yeux noirs se posaient avec une telle flamme sur Maria Gavrilovna que la minute décisive semblait proche. Les voisins parlaient de ce mariage comme d'une chose faite, et la bonne Praskovia Pétrovna se réjouissait de ce que sa fille eût enfin trouvé un fiancé digne d'elle.

La vieille dame, un jour, était assise seule dans le salon, occupée à une « grande patience », lorsque Bourmine entra et s'enquit aussitôt de Maria Gavrilovna.

« Elle est au jardin, répondit la vieille dame ; allez la rejoindre, je vous attends ici. »

Bourmine sortit de la pièce, la vieille dame fit un signe de croix et pensa : « Espérons que nous verrons aujourd'hui la fin de l'affaire. »

Bourmine trouva Maria Gavrilovna près de l'étang, sous un saule ; elle avait un livre à la main et était vêtue d'une robe blanche, en véritable héroïne de roman. Après les premières phrases, Maria Gavrilovna laissa tomber la conversation à dessein ; leur trouble s'en accrut, que seule une explication soudaine et décisive pouvait dissiper. C'est ce qui arriva : Bourmine, conscient de l'équivoque de sa situation, déclara qu'il cherchait depuis longtemps l'occasion d'ouvrir son cœur et demanda une minute d'attention. Maria Gavrilovna ferma son livre et baissa les yeux en signe d'acquiescement.

« Je vous aime, dit Bourmine ; je vous aime passionnément... »

Maria Gavrilovna rougit et courba la tête un peu plus.

« J'ai agi bien imprudemment en me laissant aller à cette
douce habitude de vous voir et de vous entendre chaque jour...
(Maria Gavrilovna se rappela la première lettre de Saint-Preux.)
Je ne peux plus lutter contre ma destinée ; votre souvenir, votre
douce et incomparable image feront désormais le supplice, à la
fois, et la consolation de ma vie ; mais il me reste à accomplir un
pénible devoir, à vous révéler le terrible secret qui met entre
nous une infranchissable barrière...

— Cette barrière a toujours existé, interrompit avec vivacité
Maria Gavrilovna, je n'aurais jamais pu être votre femme...

— Je sais, lui répondit doucement Bourmine, je sais que
vous avez aimé jadis ; mais la mort et trois années de lamenta-
tions... Bonne, chère Maria Gavrilovna ! ne m'enlevez pas ma
suprême consolation : la pensée que vous auriez consenti à faire
mon bonheur, si...

— Taisez-vous, pour l'amour du Seigneur ; taisez-vous, vous
me torturez !

— Oui, je sais, je sens que vous auriez été mienne, mais, je
suis le plus malheureux des êtres... Je suis marié. »

Maria Gavrilovna le regarda avec étonnement.

« Je suis marié, continua Bourmine ; marié depuis quatre
ans déjà et j'ignore qui est ma femme. Je ne sais ni où elle est, ni
si jamais je dois la revoir.

– Que dites-vous ! s'écria Maria Gavrilovna. Comme c'est étrange ! Continuez, je raconterai ensuite... mais continuez, continuez de grâce...

– Au commencement de l'année 1812, dit Bourmine, je me rendais en hâte à Vilna où se trouvait notre régiment. Arrivé à un relais, tard dans la soirée, j'allais ordonner d'atteler au plus vite, lorsque soudain s'éleva une terrible tourmente de neige ; le maître de poste et les postillons me conseillaient d'attendre. Je suivis leur conseil, mais une inexplicable inquiétude m'envahit ; on eût dit que quelqu'un me poussait. Cependant la bourrasque ne se calmait pas ; je ne tenais pas en place ; j'ordonnai de nouveau d'atteler et partis au plus fort de la tempête. Le postillon eut l'idée de longer la rivière, ce qui devait nous faire gagner trois verstes. Les rives étaient couvertes de neige ; le postillon dépassa l'endroit où l'on rejoignait la route, de sorte que nous nous trouvâmes dans un pays inconnu. La tempête ne s'apaisait point : j'aperçus une lueur et ordonnai de nous diriger de ce côté. Nous atteignîmes un village ; dans l'église de bois, il y avait de la lumière. L'église était ouverte ; plusieurs traîneaux se trouvaient derrière l'enceinte ; des gens circulaient sur le parvis. " Par ici ! par ici ! " crièrent plusieurs voix. Je dis au postillon d'approcher. " Où t'es-tu donc attardé ? me dit quelqu'un ; la fiancée est évanouie, le pope ne sait que faire ; nous étions sur le point de nous en retourner. Entre donc vite ! " Sans rien dire, je sautai hors du traîneau et pénétrai dans l'église faiblement éclairée par deux ou trois cierges.

« Une jeune fille était assise sur un banc dans un coin sombre de l'église ; une autre lui frottait les tempes. " Dieu soit loué ! dit celle-ci, enfin vous voilà ! Pour un peu vous auriez fait mourir Mademoiselle. "

« Le vieux prêtre s'avança vers moi et me demanda : " Désirez-vous que je commence ?

« – Commencez, commencez, mon père ", répondis-je étourdiment.

« On souleva la jeune fille. Elle me parut assez belle... Incompréhensible, impardonnable légèreté... Je me mis à côté d'elle, près du lutrin ; le prêtre se hâtait ; trois hommes et la servante soutenaient la jeune fille et ne s'occupaient que d'elle. On nous maria. " Embrassez-vous ! " nous dit-on. Ma femme tourna vers moi son visage pâle. J'allais l'embrasser... " Ah ! ce n'est pas lui ! Ce n'est pas lui ! " s'écria-t-elle, et elle retomba évanouie. Les témoins jetèrent sur moi des regards effarés. Je fis volte-face et sortis de l'église sans que personne cherchât à me retenir, me jetai dans le traîneau et criai : " Filons ! "

– Grand Dieu ! fit Maria Gavrilovna ; et vous ne savez pas ce qu'il advint de votre pauvre femme ?

– Je l'ignore, répondit Bourmine ; j'ignore le nom du village où je me suis marié ; je ne me souviens pas de quel relais j'étais parti. En ce temps j'attachais si peu d'importance à ma criminelle plaisanterie qu'à peine eus-je quitté l'église, je m'endormis et ne me réveillai que le lendemain matin, trois relais plus loin. Le domestique qui était alors avec moi est mort pendant la campagne, de sorte que je n'ai même pas l'espoir de retrouver jamais celle à qui j'ai joué un tour si cruel et qui aujourd'hui se trouve si bien vengée.

– Mon Dieu ! mon Dieu ! s'écria Maria Gavrilovna lui saisissant la main ; c'était donc vous ! Et vous ne me reconnaissez pas ? »

Bourmine pâlit... et se jeta à ses pieds...

LE MARCHAND DE CERCUEILS

Chaque jour apporte ses cercueils
Ses rides au monde vieillissant.

DIERJAVINE.

Pour la quatrième fois, deux haridelles attelées au corbillard sur lequel Adrien Prokhorov venait d'entasser les restes de ses frusques firent le chemin de la Basmannaia à la Nikitskaia, où le marchand de cercueils emménageait. Adrien ferma son ancienne boutique, cloua sur la porte une pancarte : *À vendre ou à louer*, puis suivit à pied.

En approchant de la petite maison jaune que depuis longtemps il guignait et qu'il venait enfin d'acquérir pour une somme rondelette, le vieux marchand s'étonna de ne se sentir pas plus de joie dans le cœur.

Sur le seuil de sa nouvelle demeure où tout était sens dessus dessous, il se prit à regretter l'ancien taudis, où, dix-huit ans durant, il avait fait régner un ordre parfait. Il tança la lenteur de ses deux filles et de la servante, puis se mit à les aider. Bientôt tout fut en place : l'armoire avec les icônes, le buffet avec la vaisselle, la table, le divan et le lit, dans la chambre du fond ; les productions du maître : cercueils de toutes couleurs et de toutes dimensions, ainsi que les bahuts contenant les flambeaux, les chapeaux et les manteaux de deuil, prirent place dans la cuisine et dans le salon. Au-dessus de la porte cochère fut hissée l'enseigne ; elle présentait un Amour dodu tenant en main un flambeau renversé, et l'inscription : *Ici l'on vend et l'on garnit les cercueils naturels ou peints. On loue et on répare les cercueils usagés.*

Les jeunes filles se retirèrent dans leur chambrette ; Adrien fit le tour de sa demeure, s'assit près de la fenêtre et commanda le samovar.

Tout lecteur éclairé sait que Shakespeare et Walter Scott présentent les fossoyeurs comme des gens hilares et facétieux, afin de frapper notre imagination par ce contraste. Le respect de la vérité nous retient de suivre leur exemple et nous force d'avouer que le caractère de notre marchand de cercueils répondait parfaitement à sa macabre profession. Adrien Prokhorov était le plus souvent sombre et pensif. Il ne rompait le silence que pour admonester ses filles lorsqu'il les surprenait musardant à la fenêtre et regardant passer les gens, ou pour surfaire le prix de ses cercueils devant ceux qui se désolaient (ou parfois se réjouissaient) d'en avoir besoin.

Or donc, assis à la fenêtre et buvant sa septième tasse de thé, Adrien, selon son habitude, ruminait de tristes réflexions. Il se remémorait cette averse qui, huit jours plus tôt, près de la barrière de la ville, avait accueilli le cortège funèbre d'un brigadier retraité. Que de manteaux s'en étaient trouvés rétrécis ! que de chapeaux déformés ! Voici qui l'entraînerait à d'inévitables dépenses ; car sa vieille réserve de vêtements funéraires était dans un état lamentable. Il comptait bien, il est vrai, se rattraper avec Trioukhina, cette vieille marchande qui, depuis bientôt un an, n'en finissait pas de mourir. Mais c'est à Razgouliaï que Trioukhina trépassait et Prokhorov craignait que les héritiers, malgré leur promesse et plutôt que de venir de si loin le chercher, ne traitassent avec un entrepreneur du quartier.

Trois coups frappés à la porte interrompirent soudain ces réflexions.

« Qui est là ? » demanda Prokhorov.

La porte s'ouvrit. Un homme qu'on pouvait, du premier coup d'œil, reconnaître pour un artisan allemand, entra dans la chambre, s'approcha du marchand de cercueils et, d'un air joyeux :

« Excusez-moi, aimable voisin, dit-il avec cet accent allemand qui nous fera toujours rire, – excusez-moi de vous déranger. J'étais impatient de vous connaître. Je suis cordonnier. Je m'appelle Gottlieb Schultz et j'habite, de l'autre côté de la rue, cette petite maison juste en face de vos fenêtres. Je fête demain mes noces d'argent et vous convie à venir dîner chez moi, avec vos filles, sans cérémonie. »

L'invitation fut acceptée de bonne grâce. Le marchand de cercueils pria le cordonnier de s'asseoir et lui offrit une tasse de thé. La nature ouverte de Gottlieb Schultz permit vite à la conversation de devenir très cordiale.

« Et comment vont les affaires de votre seigneurie ? demanda Adrien.

– Eh ! Eh ! couci-couça, répondit Schultz. Je n'ai du reste pas à me plaindre ; encore que ma marchandise diffère en ceci de la vôtre : qu'un vivant peut bien se passer de bottes, mais qu'un mort ne peut pas vivre sans cercueil !

– Ça, c'est vrai ! dit Adrien. Un vivant qui n'a pas de quoi se payer des bottes peut bien, ne vous déplaise, aller pieds nus ; mais le plus gueux des morts aura son cercueil, qu'il le paie ou non. »

Ainsi leur entretien se prolongea quelque temps encore. Puis enfin le cordonnier se leva et prit congé d'Adrien en renouvelant son invitation.

Le lendemain, à midi sonnant, Prokhorov, avec ses filles, sortit de sa nouvelle maison par la porte de la cour, et tous trois s'en furent chez leur voisin.

Dérogeant à l'habitude de nos romanciers d'aujourd'hui, je ne décrirai ni le caftan russe d'Adrien Prokhorov, ni les toilettes européennes d'Akoulina et de Dounia. J'estime néanmoins qu'il n'est pas superflu de noter que les deux jeunes filles s'étaient coiffées de chapeaux jaunes et avaient chaussé des souliers rouges, ce qui ne leur arrivait que dans des circonstances solennelles.

Le logement exigu du cordonnier était rempli de convives : pour la plupart des artisans allemands accompagnés de leurs femmes et de leurs aides. En fait de fonctionnaires russes, il n'y avait là qu'un sergent de ville, le Finnois Yourko, qui, malgré sa modeste condition, avait su gagner la bienveillance particulière de notre hôte. Depuis vingt-cinq ans il remplissait ses fonctions « fidèlement et loyalement », tel le postillon de Pogorielski. L'incendie de l'an douze, en détruisant Moscou, anéantit du même coup sa guérite jaune. Mais, aussitôt après l'expulsion de l'ennemi, surgit à la même place une nouvelle guérite ; celle-ci grise, avec des colonnes doriques blanches. Et Yourko reprit sa faction devant elle, avec « la hache et la cuirasse de drap gris ».

Presque tous les Allemands domiciliés près de la porte Nikitskaia connaissaient Yourko ; et même il arrivait à certains d'entre eux de passer chez lui la nuit du dimanche au lundi.

Adrien s'empressa de lier connaissance avec cet homme dont, tôt ou tard, on pouvait avoir besoin, et, lorsque les invités se mirent à table, il s'assit à côté de lui. M. et Mme Schultz et leur fille Lottchen, demoiselle de dix-sept ans, tout en dînant avec leurs invités et faisant les honneurs de la table, aidaient la cuisinière à servir. La bière coulait à flots. Yourko mangeait comme quatre. Adrien lui tenait tête. Ses filles faisaient les fines bouches. D'heure en heure la conversation devenait plus bruyante. Soudain l'hôte fit faire silence et, débouchant une bouteille cachetée, cria en russe : « À la santé de ma bonne Louise ! » Le vin mousseux pétilla. Le cordonnier posa tendrement ses lèvres sur le frais visage de sa compagne quadragénaire, et les convives, bruyamment, vidèrent leur verre à la santé de la bonne Louise. « À la santé de mes aimables invités ! » s'écria l'hôte en débouchant une deuxième bouteille ; et les invités de remercier et de trinquer de nouveau. Les toasts se succédèrent : on but à la santé particulière de chacun ; on but à la santé de Moscou ; puis de toute une douzaine de petites villes allemandes ; on but à la santé de tous les corps de métier en général, puis à celle de chaque corps en particulier ; on but à la santé des maîtres, puis à celle des contremaîtres. Adrien buvait ferme. Il devint si gai qu'à son tour il risqua un toast badin. Puis un gros boulanger leva son verre et proclama : « À la santé de ceux pour qui nous travaillons : *unserer Kundleute !* » La proposition, comme toutes les autres, fut acceptée joyeusement et à l'unanimité. Les convives commencèrent ensuite à se saluer les uns les autres. Le tailleur salua le cordonnier ; le cordonnier salua le tailleur ; le boulanger les salua tous deux ; tout le monde salua le boulanger, et ainsi de suite. Après toutes ces salutations réciproques, Yourko, tourné vers son voisin, s'écria : « Allons ! petit père ; bois à la santé de tes macchabées ! » Tout le monde se mit à rire ; le marchand de cercueils, atteint dans sa dignité, se renfrogna. Personne n'y fit attention. Les convives continuèrent à boire. L'on sonnait les vêpres lorsqu'ils se levèrent de table.

La plupart étaient fort éméchés. Le gros boulanger et le relieur, dont le visage « ressemblait à une reliure de maroquin rouge », prirent Yourko sous les bras et le ramenèrent jusqu'à sa guérite, interprétant à leur manière le proverbe : « Retour d'argent, joie de prêteur. » Le marchand de cercueils rentra chez lui ivre et furieux. « Eh ! quoi ! ratiocinait-il à voix haute, mon mé-

tier serait-il moins honorable que les autres ? Marchand de cercueils n'est pourtant pas frère de bourreau. Me prennent-ils
pour un histrion, ces impies ? Il n'y avait vraiment pas là de
quoi rire. Je projetais de les inviter à pendre la crémaillère et de
les régaler en Balthazar. À d'autres ! Je n'en ferai rien. Ceux que
j'inviterai, c'est mes clients, morts orthodoxes !

– Voyons, petit père ! lui dit la servante en le déchaussant ;
qu'est-ce que tu radotes ? Fais vite le signe de la croix. Inviter
les morts à pendre la crémaillère ! Quelle horreur !

– Par Dieu ! je jure que je les invite, reprenait Adrien ; et
pas plus tard que pour demain. Soyez les bienvenus, chers nourriciers ; ici, demain soir, je vous régale à la fortune du pot. »

Sur ces mots, le marchand de cercueils gagna son lit, où
bientôt il ronfla.

On vint le réveiller avant l'aube. La marchande Trioukhina
était décédée dans la nuit. Son commis avait dépêché quelqu'un
à cheval pour en aviser Adrien. Le marchand de cercueils lui
donna dix kopeks de pourboire, s'habilla en hâte, prit une voiture et s'en fut à Razgouliaï. Devant la porte de la défunte
étaient déjà portés des sergents de ville, et les commerçants s'attroupaient comme des corbeaux attirés par le cadavre. Étendue
sur une table, la défunte, jaune comme la cire, n'était pas encore
atteinte par la décomposition. Parents, voisins et domestiques
se pressaient autour d'elle. Toutes les fenêtres étaient ouvertes.
Les cierges brûlaient. Les prêtres lisaient des prières. Adrien
s'approcha du neveu de Trioukhina, jeune marchand vêtu d'une
élégante redingote, et le prévint que le cercueil, les cierges, le
drap mortuaire et les autres attributs funèbres lui seraient livrés
sans retard et en parfait état. L'héritier remercia distraitement.
Il ne discuterait pas sur le prix, s'en remettant à l'honnêteté de
Prokhorov. Le marchand de cercueils, selon son habitude, jura
de s'en tenir aux prix les plus justes, échangea un regard d'en-

tente avec le commis et partit faire les démarches nécessaires. Il passa tout le jour à courir entre Razgouliaï et la porte Nikitskaia. Vers le soir tout était prêt. Prokhorov congédia son cocher et rentra chez lui à pied. Il faisait clair de lune. Le marchand de cercueils atteignit allègrement la porte Nikitskaïa. Près de l'église de l'Ascension, il s'entendit héler par le sergent Yourko, qui, l'ayant reconnu, lui souhaita bonne nuit. Il était tard. Le marchand de cercueils approchait déjà de sa maison lorsqu'il lui sembla soudain voir quelqu'un devant sa porte, l'ouvrir, puis disparaître à l'intérieur.

« Qu'est-ce que cela signifie ? pensa Prokhorov. Quelqu'un aurait-il encore besoin de moi ? Eh ! ne serait-ce pas un voleur ? Ou peut-être mes sottes de filles recevraient-elles des amants ? C'est bien possible ! »

Et déjà Prokhorov allait appeler l'ami Yourko à la res-cousse ; mais à cet instant quelqu'un d'autre encore s'approcha, qui, sur le point de passer la porte, voyant le maître du logis ac-courir, s'arrêta et souleva son tricorne. Adrien crut reconnaître ce visage, mais, sans prendre le soin de le bien examiner :

« Vous venez chez moi ? dit-il tout essoufflé. Prenez la peine d'entrer, je vous en prie.

– Ne fais donc pas de cérémonies, mon petit père, riposta l'autre d'une voix sourde. Passe devant. Montre le chemin à tes hôtes. »

Des cérémonies, Adrien n'avait guère le temps d'en faire. La porte était ouverte ; il monta l'escalier ; l'autre le suivit. Adrien crut entendre des bruits de pas dans l'appartement.

« Que diable est-ce là ? » pensa-t-il en se hâtant d'entrer... Ses jambes se dérobèrent sous lui. La chambre était pleine de morts. La lune, à travers les fenêtres, éclairait leurs faces jaunes et bleues, leurs bouches ravalées, leurs yeux troubles et mi-clos, leurs nez camards... Adrien reconnut avec terreur tous ceux qu'il avait mis en bière, et, dans le dernier venu, le brigadier enseveli pendant l'averse. Tous, dames et messieurs, entourèrent le marchand de cercueils, le saluant et le complimentant ; tous, sauf un pauvre diable qui n'avait rien payé pour son enterrement et qui, gêné, honteux de ses haillons, restait humblement à l'écart, dans un coin. Les autres étaient très convenablement vêtus : les défuntes en bonnets et rubans ; les défunts gradés en uniforme, mais avec des barbes négligées ; les marchands en caftans de fête.

« À ton invitation, Prokhorov, dit le brigadier au nom de toute l'honorable compagnie, nous nous sommes tous levés ; ne sont restés chez eux que ceux qui sont à bout, que ceux à qui il ne reste plus que les os sous la peau ; mais encore y en a-t-il un de ceux-là qui n'a pu résister à l'envie de venir. »

Au même instant, un petit squelette se glissa à travers la foule et s'approcha d'Adrien. Son crâne souriait affectueusement au marchand de cercueils. Des lambeaux de drap vert clair et rouge et des loques de toile pendaient sur lui comme sur une perche, et ses tibias, dans ses grosses bottes, ballottaient comme le pilon dans le mortier.

« Tu ne me reconnais pas, Prokhorov ? dit le squelette. Tu ne te souviens pas du sergent retraité, Piotr Pétrovitch Kourilkine à qui, en 1799, tu vendis ton premier cercueil ? Et c'était du sapin pour du chêne ! »

À ces mots le squelette ouvrit les bras. Adrien jeta un cri, et, dans un grand effort, le repoussa. Piotr Pétrovitch chancela et tomba en miettes. Un murmure d'indignation s'éleva parmi les morts. Tous se mirent à défendre l'honneur de leur camarade et assaillirent Adrien avec imprécations et menaces. Le pauvre hôte, assourdi par leurs cris et à demi étouffé, perdit contenance et, s'écroulant sur les débris du sergent, s'évanouit.

Le soleil éclairait depuis longtemps déjà le lit où reposait le marchand de cercueils. Il ouvrit enfin les yeux et vit devant lui la servante qui préparait le samovar. Il se souvint avec horreur de tous les événements de la veille : la Trioukhina, le brigadier et le sergent Kourilkine surgirent confusément dans sa mémoire. Il attendit en silence que la servante lui racontât la fin de ses aventures nocturnes.

« Eh bien ! on peut dire que tu as dormi, mon petit père ! dit Axinia en lui passant sa robe de chambre. Notre voisin le tailleur est déjà venu te voir, et puis le sergent de ville du quartier est passé pour t'avertir que c'est aujourd'hui la fête du commissaire ; mais tu reposais si bien que nous ne voulions pas te réveiller.

— Est-on venu ici de la part de la défunte Trioukhina ?

— La défunte ? Elle est donc morte ?

— Mais, sotte que tu es, ne m'as-tu pas aidé toi-même, hier, à préparer son enterrement ?

— Que dis-tu là, petit père ? Aurais-tu perdu la raison ? ou pas encore fini de cuver ton vin d'hier soir ? De quel enterrement parles-tu ? Tu as fait la noce tout le jour d'hier chez l'Allemand ; tu es rentré ivre ; tu t'es jeté sur ton lit et tu as dormi jusqu'à maintenant, passé l'heure de la messe.

— Pas possible ! fit le marchand de cercueils tout réjoui.

— Pour sûr que c'est comme ça, dit la servante.

– Eh bien ! si c'est pour sûr, apporte vite le thé et va chercher mes filles. »

LE MAÎTRE DE POSTE

Fonctionnaire de quatorzième classe :
Dans un relais de poste, dictateur.

PRINCE VIAZIEMSKI.

À qui de nous n'est-il pas arrivé de maudire un maître de poste ? Qui de nous n'a pas eu à batailler avec eux ? Qui de nous, dans un moment de fureur, n'a pas réclamé le fatal livre, afin d'y inscrire une vaine protestation contre les passe-droits, la grossièreté ou l'incurie ? Qui de nous ne tient un maître de poste pour le rebut du genre humain, comparable aux huissiers d'autrefois, ou tout au moins aux brigands des forêts de Mourom ?

Pourtant, soyons justes ; tâchons de nous mettre à leur place, et peut-être les jugerons-nous alors avec un peu plus d'indulgence. Qu'est-ce qu'un maître de poste ? Un vrai martyr de quatorzième rang, que son grade préserve tout juste des coups, et encore pas toujours ! (Je m'en rapporte à la conscience de mes lecteurs.) Quelles sont les occupations de ce « dictateur », comme l'appelle en plaisantant le prince Viaziemski ? De véritables travaux forcés ! Point de repos, ni le jour, ni la nuit. Le voyageur se venge sur le maître de poste de tout le dépit amassé pendant un trajet fastidieux. Le temps est-il désagréable, les chemins sont-ils mauvais, le postillon têtu, les chevaux paresseux, la faute en est au maître de poste. Et lorsque le voyageur entre dans le pauvre logis du postier, c'est en ennemi qu'il le considère. Heureux le postier qui parvient rapidement à se débarrasser d'un importun. Mais quand les chevaux manquent !... Dieu ! quelle avalanche de menaces ! Par la pluie, dans la boue, il lui en faut chercher à travers tout le village. Pour se reposer ne fût-ce qu'un instant des cris et de la rage du client irrité, malgré le froid cruel, c'est sous le porche qu'il se réfugie. Arrive un général ; le maître de poste, tout tremblant, lui cède les deux dernières troïkas, fussent-elles celles d'un courrier de cabinet. Le général s'en va sans le remercier. Cinq minutes plus tard, sonnerie de grelots, et le courrier de cabinet lui jette sur la table sa feuille de route...

Pénétrons tout cela bien à fond, et l'indignation fera place dans notre cœur à une commisération sincère. Deux mots encore : durant vingt ans j'ai traversé la Russie en tous sens ; j'ai parcouru toutes les grandes routes ; j'ai fréquenté plusieurs générations de postillons, et rares sont les maîtres de poète que je ne connaisse au moins de vue, ou avec qui je n'aie eu affaire ; j'espère publier prochainement mes curieuses observations de voyage ; en attendant je dirai seulement que l'on représente à l'opinion publique la corporation des maîtres de poète sous un jour des plus faux. Ces maîtres de poste si calomniés sont des gens paisibles, serviables, enclins à la sociabilité, ne prétendant pas aux honneurs, et somme toute pas trop cupides. Dans leurs conversations (que dédaignent à tort messieurs les voyageurs) on peut glaner bien des choses curieuses et instructives. En ce qui me concerne, je l'avoue, je cause plus volontiers avec eux qu'avec tel fonctionnaire de haut rang qui voyage pour raison de service.

On admettra facilement que je compte quelques amis dans cette honorable corporation des maîtres de poste. Le souvenir de l'un d'eux m'est resté particulièrement précieux. Les circonstances nous avaient rapprochés jadis, et c'est de lui que j'ai l'intention d'entretenir mes aimables lecteurs.

Au mois de mai 1816, il me fallut traverser le gouvernement de N*** par la route à présent abandonnée. Vu mon grade insignifiant je n'avais droit qu'à deux chevaux. Aussi les postiers me traitaient-ils sans aucun égard, et souvent il me fallait batailler pour obtenir ce que j'estimais m'être dû. Jeune et de caractère emporté, je m'indignais contre la bassesse et la lâcheté du postier lorsqu'il cédait à quelque personnage de haut grade la troïka qui m'était destinée. De même il me fallut du temps pour m'habituer à ce qu'un larbin pointilleux me servît après tous les autres dans un dîner officiel. Tout cela me paraît aujourd'hui dans l'ordre des choses. Qu'adviendrait-il, en effet, si au lieu de cette règle si pratique : « Le grade honore le grade », on mettait en usage cette autre : « L'intelligence honore l'intelligence » ? Que de discussions ! Et pour passer les plats, qui les laquais auraient-ils servis les premiers ?...

Mais je reviens à mon histoire.

La journée fut chaude. À trois verstes du relais de N*** quelques gouttes de pluie commencèrent à tomber, puis ce devint une averse, et en quelques instants je fus trempé jusqu'aux os.

Arrivé au relais, mon premier souci fut de changer de vêtements au plus vite, puis de demander du thé. « Hé ! Dounia ! cria le maître de poste. Prépare un samovar et va chercher de la crème. »

À ces mots, sortit de derrière une cloison une fillette de quatorze ans environ qui courut dans l'entrée. Sa beauté me frappa.

« Est-ce ta fille ? demandai-je au maître de poste.

– Oui, répondit-il avec un air d'amour-propre satisfait. Et si raisonnable, si habile ; tout comme feu sa mère. »

Puis il se mit à transcrire ma feuille de route tandis que j'examinais les images dont sa demeure humble mais propre était ornée. Ces images représentaient l'histoire de l'Enfant prodigue : sur la première, un vénérable vieillard en robe de chambre et coiffé d'un bonnet de nuit laisse partir un adolescent inquiet à qui il donne une bourse et sa bénédiction hâtive. L'autre, en des traits éloquents, montrait le jeune débauché attablé en compagnie de faux amis et de femmes impudiques. Plus loin, l'adolescent ruiné, en haillons et coiffé d'un tricorne, garde les pourceaux et partage leur pitance ; son visage exprime la tristesse et le repentir. Enfin l'on nous montrait le retour du fils vers le père ; le bon vieillard, coiffé du même bonnet et vêtu de la même robe de chambre, accourt à la rencontre de l'enfant prodigue qui s'est mis à genoux ; à l'arrière-plan un cuisinier égorge un veau gras, et le fils aîné questionne les serviteurs sur les raisons d'une telle joie. Au-dessous de chaque image on pouvait lire des vers allemands appropriés.

Tout ceci s'est conservé jusqu'aujourd'hui dans ma mémoire : les pots de balsamine, le lit derrière un rideau bariolé... Je vois, comme si j'y étais encore, l'hôte lui-même, homme d'une cinquantaine d'années, frais et vigoureux, dans sa longue redingote verte avec trois médailles pendues à des rubans fanés.

À peine eus-je réglé mon vieux postillon que Dounia revint avec le samovar. Dès le premier coup d'œil, la petite coquette s'aperçut de l'impression qu'elle produisait sur moi ; elle baissa ses grands yeux bleus. Je me mis à causer avec elle ; elle me répondit sans aucune timidité, comme une jeune fille qui a l'usage du monde. J'offris au père un verre de punch, à Dounia je tendis une tasse de thé, et nous causâmes tous les trois comme si nous nous étions toujours connus.

Les chevaux étaient depuis longtemps prêts, mais je n'avais guère envie de me séparer du maître de poste et de sa fille. Enfin, je pris congé d'eux ; le père me souhaita bon voyage, la fille m'accompagna jusqu'à la voiture. Dans l'entrée je m'arrêtai et lui demandai la permission de l'embrasser ; Dounia consentit... J'ai échangé beaucoup de baisers,

Depuis que j'exerce...

mais aucun ne m'a laissé souvenir si doux et si durable.

Plusieurs années s'écoulèrent, et les circonstances me ramenèrent sur cette même route, et dans ces mêmes lieux. Je me souvins de la fille du vieux maître de poste, et me réjouis à l'idée de la revoir. « Qui sait ce qu'est devenu le vieux ? pensai-je. Déplacé peut-être. Et Dounia ? mariée sans doute. » La pensée de la mort effleura également mon esprit ; et je m'approchai du relais de N*** avec un triste pressentiment.

Les chevaux s'arrêtèrent devant la maison du relais. Entré dans la chambre, je reconnus aussitôt les images de l'Enfant prodigue ; la table et le lit étaient à la même place, mais il n'y avait plus de fleurs sur les fenêtres, et tout respirait la ruine et l'abandon.

Le maître de poste dormait, enveloppé dans sa pelisse ; mon arrivée le réveilla ; il se souleva... C'était bien Siméon Virine, mais qu'il avait vieilli !

Tandis qu'il s'apprêtait à transcrire ma feuille de route, je contemplai ses cheveux blanchis, les rides profondes de son visage mal rasé, son dos courbé, et m'étonnai que trois ou quatre ans eussent suffi à faire d'un homme robuste un vieillard.

« Me reconnais-tu ? lui demandai-je. Nous sommes de vieux amis.

– Cela se peut, répondit-il d'un air morne ; la route est grande ; bien des voyageurs passent chez moi.

– Ta Dounia est-elle en bonne santé ? » continuai-je.

Le vieillard fronça les sourcils.

« Dieu le sait ! répondit-il.

– Elle est donc mariée ? » dis-je.

Le vieillard fit mine de ne pas entendre et continua de lire à voix basse ma feuille de route.

Je cessai de le questionner et fis préparer le thé. Mais la curiosité me tourmentait et je comptais sur le punch pour faire parler mon vieil ami.

Je ne m'étais pas trompé : le vieux ne refusa pas le verre que je lui offris. Et bientôt le rhum eut raison de sa sombre humeur. Au second verre sa langue se délia. Se souvenait-il de moi, ou feignait-il de se souvenir ? L'histoire qu'il me raconta m'intéressa et me toucha vivement alors.

« Vous avez connu ma Dounia ? commença-t-il. Qui donc ne la connaissait pas ? Ah ! Dounia ! Dounia ! Quelle fille c'était ! Tous ceux qui passaient par ici la complimentaient. Jamais personne n'avait eu à se plaindre d'elle. Les dames lui faisaient cadeau, qui d'un fichu, qui de boucles d'oreilles. Les voyageurs s'arrêtaient tout exprès sous prétexte de dîner ou de souper, mais en fait pour l'admirer tout à leur aise. Les plus grincheux s'apaisaient en sa présence et se mettaient à me parler avec gentillesse. Le croiriez-vous, monsieur ! des courriers, des envoyés officiels s'attardaient à causer avec elle. C'est grâce à elle que la maison marchait ; s'agissait-il de ranger, de cuisiner, elle trouvait le temps pour tout. Et moi, vieil imbécile, je n'avais d'yeux que pour elle ! elle était toute ma joie. Ah ! si je l'ai aimée, ma Dounia ! Si je l'ai choyée, mon enfant ! N'avait-elle pas une vie douce ? Mais non ! on ne conjure pas le malheur ; personne n'évite sa destinée. »

Puis il se mit à me conter son chagrin. Trois ans auparavant, un soir d'hiver, alors qu'il préparait son registre et que sa fille cousait une robe derrière la cloison, arriva une troïka ; un voyageur coiffé d'un bonnet tcherkesse, vêtu d'un manteau militaire et enveloppé d'un châle, entra dans la chambre et réclama des chevaux. Tous les chevaux étaient en route. À cette nouvelle le voyageur haussa la voix et leva sa cravache ; mais Dounia, habituée à de telles scènes, accourut de derrière la cloison et demanda avec douceur s'il ne désirait pas souper.

L'apparition de Dounia produisit son effet habituel. La colère du voyageur s'apaisa ; il consentit à attendre des chevaux et commanda à souper. Il enleva son bonnet tout trempé, dénoua son châle, laissa tomber son manteau et apparut sous l'aspect d'un jeune hussard élancé, aux fines moustaches noires. Il s'installa chez le maître de poste et se mit à bavarder gaiement avec lui et sa fille. On servit le souper. Cependant les chevaux arrivèrent, et le maître de poste sortit pour donner ordre de les atteler aussitôt au traîneau du voyageur sans même leur donner de picotin ; mais au retour il trouva le jeune homme, étendu sur le banc, à moitié évanoui : il avait ressenti un malaise ; la tête lui faisait mal ; impossible de partir... Que faire ? Le maître de poste céda son lit, et l'on décida d'envoyer le lendemain chercher à S*** un médecin, si le malade n'allait pas mieux.

Le lendemain le hussard se sentit moins bien. Son domestique s'en fut en ville pour quérir le médecin. Dounia noua autour de la tête du malade un mouchoir trempé dans du vinaigre et s'assit avec son ouvrage près du lit. En présence du maître de poste, le malade poussait force soupirs et ne parlait presque pas ; néanmoins il but deux tasses de café, et tout en geignant, commanda à dîner. À chaque instant il demandait à boire, et Dounia, qui ne le quittait pas, lui présentait un bol de limonade qu'elle avait préparée. Le malade trempait ses lèvres et chaque fois, en rendant le bol, sa main faible pressait la main de Douniouchka en signe de reconnaissance. À l'heure du dîner arriva le médecin. Il tâta le pouls du malade, causa avec lui en allemand, puis déclara en russe qu'il n'avait besoin que de repos, et que dans deux jours il pourrait reprendre son voyage. Le hussard lui remit vingt-cinq roubles pour la visite et le retint à dîner ; le médecin accepta, tous deux mangèrent de grand appétit, burent une bouteille de vin et se séparèrent fort satisfaits l'un de l'autre.

Une journée encore passa, et le hussard fut complètement rétabli. Il était extrêmement gai, ne cessait de plaisanter tantôt avec Dounia, tantôt avec le maître de poste, sifflotait, bavardait avec les voyageurs, transcrivait leurs feuilles de route, et le bon maître de poste finit par le prendre en telle affection qu'au bout de ces deux jours il éprouva de la peine à se séparer d'un hôte si aimable.

C'était dimanche ; Dounia s'apprêtait pour la messe. On avança le traîneau du hussard, qui prit congé du maître de poste et lui paya avec générosité et le gîte et la nourriture ; il prit aussi congé de Dounia, puis lui proposa de l'amener jusqu'à l'église ; celle-ci se trouvait à l'extrémité du village. Dounia demeurait indécise... « De quoi as-tu peur ? lui dit son père. Sa Noblesse n'est pas un loup, il ne te mangera pas ; fais donc un petit tour avec lui jusqu'à l'église. » Dounia monta dans le traîneau près du hussard, le domestique sauta sur le siège, le postillon siffla, et les chevaux partirent au galop !

Le pauvre maître de poste ne comprenait pas comment il avait pu permettre à Dounia de partir avec le hussard, comment il avait pu s'aveugler de la sorte et perdre à ce point la raison.

Une demi-heure s'était à peine écoulée que l'angoisse étreignit son cœur ; l'inquiétude le saisit au point qu'il n'y tint bientôt plus et se rendit lui-même à la messe. Il arriva devant l'église tandis que tout le monde s'en allait ; quant à Dounia, elle ne se trouvait ni dans l'enceinte, ni sur le parvis. Il entra précipitamment dans l'église ; le prêtre descendait de l'autel ; le diacre éteignait les cierges ; deux petites vieilles priaient encore dans un coin ; mais Dounia n'était point là. Le pauvre père osait à peine demander au diacre si elle était venue à la messe. Le diacre lui dit que non. Le maître de poste s'en retourna chez lui plus mort que vif. Un seul espoir lui restait encore : Dounia avec l'étourderie de la jeunesse avait eu peut-être l'idée de prolonger sa promenade jusqu'au prochain relais où habitait sa marraine.

Il attendait avec anxiété le retour du traîneau dans lequel il l'avait laissée partir. Le postillon ne revenait pas. Enfin, vers le soir, il apparut seul et ivre, avec cette terrifiante nouvelle : « Dounia s'était enfuie avec le hussard ! »

Le vieillard ne put supporter son malheur : il tomba malade et dut se coucher dans le lit occupé la veille par le jeune séducteur.

En se remémorant toutes les circonstances, le maître de poste comprit enfin que la maladie du hussard n'avait été qu'une feinte. Le malheureux père fut pris par une forte fièvre ; on le transporta à S***, et un autre postier dut être nommé à sa place. Le même médecin qu'on avait fait venir pour le hussard le soigna à son tour. Il confia au maître de poste que le jeune homme était en parfaite santé et qu'il avait dès l'abord deviné son intention perfide, mais qu'il s'était tu, redoutant sa cravache. Cet Allemand disait-il vrai ? Ou simplement cherchait-il à faire valoir sa perspicacité ? Quoi qu'il en fût ses paroles n'avaient guère consolé le pauvre malade.

À peine rétabli, il sollicita de son directeur un congé de deux mois, et, sans rien dire de son intention à personne, s'en fut à pied à la recherche de sa fille. Il savait par la feuille de route que le capitaine Minski allait de Smolensk à Pétersbourg. Le postillon qui l'avait conduit avait raconté que Dounia, bien que paraissant fuir de plein gré, pleurait tout le long du chemin. « Peut-être ramènerai-je à la maison ma brebis égarée ? » pensait le maître de poste. C'est avec cet espoir qu'il arriva à Pétersbourg où il descendit au quartier du régiment Izmailovski chez son ancien camarade, un sous-officier retraité. Il commença tout aussitôt ses recherches et apprit que le capitaine Minski se trouvait à Pétersbourg, à l'hôtel Demout. Le maître de poste décida de se présenter chez lui.

Un matin, de bonne heure, il se rendit chez l'officier et pria d'annoncer à Sa Noblesse qu'un vieux soldat désirait le voir. Une ordonnance, en train de cirer une botte, déclara que Monsieur dormait et ne recevait personne avant onze heures. Le maître de poste se retira, puis revint à l'heure indiquée. Minski le reçut lui-même ; il était en robe de chambre et coiffé d'une calotte rouge.

« Que veux-tu ? » demanda-t-il.

Le cœur frémissant, les larmes aux yeux, le vieillard d'une voix tremblante dit seulement :

« Votre Noblesse !... Au nom du Seigneur !... »

Minski jeta sur lui un regard rapide, rougit, le prit par la main, l'amena dans son cabinet, et ferma derrière lui la porte à clef.

« Votre Noblesse ! reprit le vieillard, ce qui est perdu est perdu ; rendez-moi du moins ma pauvre Dounia. Vous vous êtes suffisamment amusé d'elle ; ne la perdez donc pas en vain.

— Ce qui est fait ne peut être changé, dit le jeune homme, dans un trouble extrême. Je suis coupable devant toi ; et je suis heureux de te demander pardon ; mais ne crois pas que je puisse quitter Dounia ; elle sera heureuse, je t'en donne ma parole. Qu'as-tu besoin d'elle ? Elle m'aime ; elle est déshabituée de son existence d'autrefois. Ni toi, ni elle, vous ne pourrez oublier ce qui est arrivé. »

Puis, lui ayant glissé quelque chose dans le revers de la manche, il ouvrit la porte, et le maître de poste se retrouva soudain dans la rue.

Longtemps il demeura immobile. Il aperçut enfin dans le revers de sa manche un rouleau de papier, le sortit et déplia plusieurs assignats de cinquante roubles. De nouveau les larmes emplirent ses yeux, des larmes d'indignation ! Il froissa les assignats, les jeta à terre, les foula aux pieds et s'en alla... Ayant fait quelques pas, il s'arrêta, réfléchit... puis revint en arrière... mais les assignats n'y étaient déjà plus. Un jeune homme convenablement vêtu, l'ayant aperçu, courut vers un fiacre, dans lequel il bondit en criant au cocher : « Filons ! » Le maître de poste ne chercha pas à le poursuivre. Il décida de retourner dans son pays ; mais auparavant, il aurait voulu revoir, ne fût-ce qu'une fois encore, sa pauvre Dounia. Deux jours plus tard, il retourna chez Minski ; mais l'ordonnance lui déclara sévèrement que Monsieur ne recevait personne, le poussa dehors et lui claqua la porte au nez. Le maître de poste demeura là un moment, puis s'en alla...

Ce même jour, dans la soirée, après avoir assisté à une messe à l'église de Toutes-les-Douleurs, il se promenait dans la rue Litieïnaïa, lorsque une très élégante voiture passa rapidement devant lui, et le maître de poste reconnut Minski. La voiture s'arrêta devant une maison à trois étages, et le hussard monta le perron en courant. Une heureuse idée traversa l'esprit du maître de poste : il revint en arrière, s'approcha du cocher et lui demanda :

« À qui est cette voiture, ami ? N'est-elle pas à Minski ?

— À lui-même, répondit le cocher. Mais que veux-tu ?

— Eh bien ! voilà : ton maître m'a donné ordre de porter un billet à sa Dounia, et voilà que j'ai oublié où elle demeure, sa Dounia !

— C'est ici même, au second. Mais tu es en retard, mon brave, avec ton billet. Il y est déjà lui-même.

— Cela ne fait rien, répliqua le maître de poste avec un inexprimable élan du cœur ; merci pour le renseignement ; je ferai ce que j'ai à faire. » Et sur ce mot il monta l'escalier.

La porte était fermée ; il sonna. Quelques secondes de pénible attente s'écoulèrent. La clef grinça : on ouvrit.

« Est-ce ici que loge Avdotia Siméonovna ? demanda-t-il.

— Ici même, répondit la jeune servante. Que veux-tu d'elle ? »

Sans répondre, le maître de poste entra dans le salon.

« N'entre pas ! n'entre pas ! s'écria la servante. Avdotia Siméonovna a du monde. »

Le maître de poste, sans l'écouter, continuait d'avancer. Les deux premières pièces étaient sombres, la troisième était éclairée. Il s'approcha de la porte ouverte et s'arrêta. Dans une chambre luxueusement meublée, Minski, l'air pensif, était assis dans un fauteuil. Dounia, parée avec tout l'éclat de la mode, se tenait posée sur le bras du fauteuil, telle une écuyère sur une selle anglaise. Elle regardait tendrement Minski en nouant autour de ses doigts étincelants les boucles noires de l'officier.

Pauvre maître de poste ! Jamais sa fille ne lui avait paru si belle ; il ne pouvait s'empêcher de l'admirer.

« Qui est là ? » demanda-t-elle, sans se retourner.

Il se taisait. Ne recevant pas de réponse, Dounia leva la tête... et poussant un cri tomba sur le tapis. Épouvanté, Minski se précipita pour la relever, mais soudain il aperçut près de la porte le vieux maître de poste ; laissant là Dounia, il s'approcha de lui, tremblant de colère et, les dents serrées :

« Que veux-tu ? Qu'as-tu à me poursuivre comme un brigand ? Tu veux me tuer, peut-être ? Va-t'en ! »

Puis, saisissant le vieillard par le col, d'une main forte, il le poussa dehors.

Le maître de poste rentra chez lui. Son ami lui conseilla de porter plainte ; le vieillard réfléchit, haussa les épaules et décida de se retirer. Deux jours après il quitta Pétersbourg, retournant à son relais, où il reprit ses fonctions.

« Voici trois ans déjà que je vis sans Dounia, et que je n'ai pas la moindre nouvelle d'elle, conclut-il. Est-elle vivante ou non ? Dieu le sait. Tout arrive ! Ce n'est ni la première, ni la dernière qu'aura séduite un voyageur libertin ; ils les gardent quelque temps puis les laissent. Elles sont nombreuses à Pétersbourg, les jeunes sottes, parées aujourd'hui de soie et de velours, qui demain balaieront les rues en compagnie des pires gueux. Quand je songe que Dounia pourrait finir de la sorte, elle aussi, je commets involontairement le péché de souhaiter sa mort... »

Tel fut le récit de mon ami, le vieux maître de poste, récit plus d'une fois interrompu par des larmes qu'il essuyait d'un geste pittoresque avec les pans de son vêtement, à la manière du zélé Terentitch dans la belle ballade de Dmitriev. Ces larmes étaient dues en bonne partie au punch dont il avait avalé cinq verres au cours de sa narration... Quoi qu'il en fût, ces larmes touchèrent mon cœur. Et longtemps après avoir quitté le vieux maître de poste je ne pus l'oublier, longtemps je songeai à la pauvre Dounia...

Dernièrement encore, passant par la localité de N***, je me souvins de mon ami ; j'appris que le relais qu'il administrait était supprimé. À ma question : « Le vieux maître de poste est-il encore vivant ? » personne ne put répondre de manière satisfaisante. Je décidai alors d'aller revoir ces lieux que j'avais si bien connus, je louai des chevaux et partis pour le village de N***.

C'était en automne. De petits nuages gris couvraient le ciel ; un vent froid parcourait les champs moissonnés et dépouillait les arbres de leurs feuilles vertes ou rouges. Au coucher du soleil j'arrivai au village et m'arrêtai devant le relais. Sous le porche (où jadis m'embrassa la pauvre Dounia) parut une grosse paysanne ; elle m'apprit que le vieux maître de poste était mort, depuis bientôt un an, que sa maison était habitée par un brasseur de qui elle était la femme.

Je regrettai mon voyage inutile et les sept roubles dépensés en vain.

« De quoi donc est-il mort ? demandai-je à la femme du brasseur.

— De trop boire, petit père, répondit-elle.

— Et où l'a-t-on enterré ?

— Au-delà du village, près de feu son épouse.

— Pourrait-on me mener à sa tombe ?

– Pourquoi pas ? Hé ! Vanka ! Tu as assez joué avec le chat. Accompagne donc ce monsieur au cimetière, et montre-lui la tombe du maître de poste. »

À ces mots, un gamin déguenillé, borgne et roux, accourut près de moi, et aussitôt me conduisit vers le cimetière.

« Connaissais-tu le défunt ? lui demandai-je.

– Je crois bien ! Il m'avait appris à tailler des chalumeaux. Quand il revenait du cabaret (paix à son âme !), nous courions après lui : "Grand-père, grand-père, donne-nous des noisettes " ; et il nous en donnait, des noisettes ! Il jouait toujours avec nous.

– Et les voyageurs ? Se souviennent-ils de lui ?

– Il n'y a pas beaucoup de voyageurs aujourd'hui ; l'assesseur passe bien par ici, mais il a autre chose à faire que de s'occuper des morts. Cet été une dame est venue ; celle-là a demandé après le vieux maître de poste et elle a été voir sa tombe.

– Quelle dame ? demandai-je avec curiosité.

– Une belle dame ! répondit le gamin. Elle voyageait dans un carrosse à six chevaux avec trois petits barines, une nourrice et un petit chien noir. Et quand on lui a dit que le vieux maître de poste était mort, elle s'est mise à pleurer et elle a dit aux enfants : " Restez là, tranquilles ; moi je vais au cimetière. " J'ai voulu l'y conduire, mais la dame m'a dit : " Je connais le chemin. " Et elle m'a donné cinq kopeks-argent... Une vraiment bonne dame ! »

Nous étions arrivés au cimetière, un endroit nu, sans clôture, semé de croix de bois que nul arbre n'ombrageait. De ma vie je n'avais vu de cimetière aussi triste.

« Voici la tombe du vieux maître de poste, me dit l'enfant en sautant sur un tas de sable, où était plantée une croix noire avec une icône de cuivre.

– Et c'est ici que la dame est venue ? demandai-je.

– Oui ; je la regardais de loin, répondit Vanka. Elle s'était couchée ici, et elle est restée comme ça longtemps. Puis elle est allée au village, elle a appelé le pope, lui a donné de l'argent et elle est partie. Et à moi, elle m'a donné cinq kopeks-argent... Une vraiment gentille dame ! »

Moi aussi, je donnai cinq kopeks au gamin et ne regrettai plus ni ce voyage, ni les sept roubles que j'avais dépensés.

LA DEMOISELLE-PAYSANNE

Belle toujours, ma petite âme,
Sous quelque robe que ce soit.

BOGDANOVITCH.

Le domaine d'Ivan Pétrovitch Bérestov était situé dans une de nos provinces reculées. Durant sa jeunesse, Bérestov avait servi dans la Garde ; il prit sa retraite au commencement de l'année 1797 ; c'est alors qu'il regagna ses terres pour ne plus les quitter. Sa femme, une demoiselle noble et sans fortune, mourut en couches tandis qu'il parcourait les champs. Les occupations domestiques eurent vite fait de le consoler. Il fit bâtir une maison d'après ses propres plans ; fit construire une fabrique de draps ; organisa ses revenus, et se considéra dès lors comme l'homme le plus intelligent de la contrée. Les voisins qu'il recevait avec famille et chiens l'enfonçaient dans cette opinion. En semaine il portait une blouse de velours ; les jours de fête il revêtait une redingote dont le drap venait de sa fabrique. Il tenait lui-même ses comptes et en dehors de la *Gazette du Sénat*, ne lisait rien. Bérestov était généralement aimé, bien qu'on le tînt pour orgueilleux. Seul Grigori Ivanovitch Mouromski, son plus proche voisin, ne s'entendait pas avec lui. Mouromski était un véritable barine : devenu veuf après avoir dilapidé à Moscou la majeure partie de ses biens, il était venu habiter le dernier domaine qu'il possédât encore. Ses extravagances furent dès lors d'un nouveau genre : un jardin anglais engloutit presque tous ses revenus. Ses palefreniers furent accoutrés en jockeys anglais. Sa fille eut une gouvernante anglaise, et c'est d'après la méthode anglaise que ses champs furent cultivés. « Mais le blé russe ne pousse pas à l'anglaise », et en dépit de la considérable diminution de frais, les revenus de Grigori Ivanovitch n'augmentaient guère. Bien qu'à la campagne, il trouvait encore moyen de s'endetter. Au demeurant il passait pour un homme d'esprit, car de tous les propriétaires de sa province, il fut le premier qui s'avisa d'hypothéquer son domaine au Conseil de Tutelle, opération qui, en ce temps-là, paraissait extrêmement audacieuse et compliquée.

De tous ceux qui le critiquaient, Bérestov se montrait le plus sévère. La haine de toute innovation était le trait saillant de son caractère. L'anglomanie de son voisin le mettait hors de lui et lui donnait sans cesse prétexte à critique. Lorsque Bérestov faisait les honneurs de son domaine, s'il arrivait que l'hôte en louât la bonne tenue : « Parbleu ! s'écriait-il avec un rusé sourire, ici ça n'est pas comme chez le voisin Mouromski. Nous ne tenons pas à nous ruiner à l'anglaise ; la mode russe nous suffit, si nous mangeons à notre faim. » De zélés voisins s'empressaient de rapporter à Grigori Ivanovitch ces propos et d'autres de ce genre, augmentés de surcharges et de commentaires. L'anglomane supportait la critique avec autant d'impatience qu'un chroniqueur littéraire. Il devenait furieux et traitait son Zoïle d'« ours » et de « provincial ».

Les rapports de ces deux propriétaires en étaient là, lorsque débarqua dans le village de son père le fils de Bérestov. Il sortait de l'université de ***. Son intention était d'embrasser la carrière militaire, malgré l'opposition de son père. Aucun des deux ne voulait céder. Le jeune homme ne se sentait aucune disposition pour la bureaucratie. En attendant, Alexeï menait la vie de grand seigneur et laissait pousser sa moustache, à tout hasard.

Alexeï était, reconnaissons-le, un beau garçon. Sa svelte taille méritait assurément d'être sanglée dans l'uniforme militaire. On l'imaginait plus volontiers paradant à cheval que courbé sur la paperasse d'une chancellerie. En le voyant à la chasse, galoper toujours de l'avant, insoucieux des chemins, les voisins s'accordaient pour déclarer qu'un tel barine n'eût fait qu'un piètre fonctionnaire. Les jeunes filles n'en finissaient pas de le contempler. Alexeï ne s'en souciait guère ; aussi prétendaient-elles que son cœur était déjà pris. Et, pour preuve, ne se passait-on pas de main en main la copie de l'adresse d'une de ses lettres : « À Akoulina Pétrovna Kourotchkina, à Moscou, chez le chaudronnier Savéliev (face au couvent de Saint-Alexis), avec la respectueuse prière de transmettre cette lettre à A. N. R. »

Ceux de mes lecteurs qui n'ont jamais vécu à la campagne ne peuvent imaginer le charme des jeunes filles de province ! Élevées au grand air à l'ombre des pommiers de leurs jardins, elles ne connaissent le monde et la vie que par les livres. La solitude, la liberté et la lecture développent promptement en elles des sentiments et des passions qu'ignorent nos beautés frivoles. Un son de clochette devient pour elles une aventure ; un voyage dans la ville voisine fait époque dans leur vie ; le passage d'un hôte laisse un souvenir durable et parfois éternel. Libre à chacun de trouver ridicules certaines de leurs bizarreries : les plaisanteries d'un observateur superficiel restent sans prise devant des qualités réelles dont la principale est sans doute la particularité de caractère, cette *individualité* sans laquelle, d'après Jean-Paul, il n'y a pas de véritable grandeur humaine. Il se peut que, dans les capitales, les femmes reçoivent une éducation meilleure ; mais l'habitude du monde a vite fait de niveler les caractères et de rendre les âmes aussi conventionnelles que les coiffures. Ceci soit dit, non en manière de jugement ou de critique, mais ainsi que l'écrit un ancien commentateur : *Nota nostra manet.*

On imagine facilement quelle impression devait produire Alexeï dans le cercle de ces demoiselles. Pour la première fois apparaissait devant elles un jeune homme sombre et désenchanté ; pour la première fois elles entendaient parler de joies perdues et de jeunesse flétrie ; de plus, Alexeï portait une bague noire figurant une tête de mort. Tout cela surprenait beaucoup dans cette province. Les jeunes filles devinrent folles de lui.

Mais, plus que toutes les autres, s'intéressait à lui la fille de notre anglomane. Leurs pères ne se fréquentaient pas. Lisa (ou Betsy, comme l'appelait ordinairement Grigori Ivanovitch) n'avait encore jamais vu Alexeï, alors que déjà toutes les jeunes voisines ne cessaient de parler de lui. Elle avait dix-sept ans. Ses yeux noirs animaient un charmant visage bronzé. Enfant unique, elle était gâtée. Sa vivacité, ses fréquentes espiègleries enchantaient son père et désespéraient sa gouvernante, miss Jackson, demoiselle de quarante ans, pleine de morgue, au visage peint, aux yeux fardés, qui relisait *Paméla* tous les six mois, recevait pour cela deux mille roubles par an et se mourait d'ennui *dans cette barbare Russie.*

Nastia, la femme de chambre de Lisa, était un peu plus âgée que sa maîtresse, mais tout aussi écervelée. Lisa l'aimait beaucoup, lui confiait tous ses secrets et ne complotait rien sans elle. Bref, Nastia, dans le village de Priloutchino, jouait un rôle bien plus important que celui de n'importe quelle confidente de tragédie française.

« Me permettez-vous de sortir aujourd'hui ? dit Nastia tout en habillant sa maîtresse.

– Soit. Mais pour aller où ?

– À Touguilovo, chez les Bérestov. C'est la fête de la femme du cuisinier, et elle est venue hier pour nous inviter à dîner.

– Eh quoi ! dit Lisa, les maîtres se boudent et leurs gens vont trinquer ensemble !

– Ce que font les maîtres, est-ce que ça nous regarde ? répliqua Nastia ; et d'ailleurs, c'est à vous que j'appartiens et pas à votre papa. Vous n'êtes pas brouillée, que je sache, avec le jeune Bérestov. Laissons les vieux se chamailler si ça les amuse.

– Tu tâcheras, Nastia, de voir Alexeï Bérestov ; tu me raconteras tout en détail : et s'il est bien fait de sa personne et quel genre d'homme c'est. »

Nastia promit de faire de son mieux. Et Lisa, tout le long du jour, attendit son retour avec impatience.

« Eh bien ! Lisavéta Grigorievna, dit Nastia en rentrant le soir dans la chambre de sa maîtresse, j'ai vu le jeune Bérestov et j'ai eu bien le temps de le regarder, car nous avons passé toute la journée ensemble.

– Comment cela ? Allons ! raconte-moi tout depuis le commencement.

– Eh bien ! voilà, mademoiselle : nous sommes donc allées, moi, Anissia Yègorovna, Nénila, Dounka...

– Bien, bien ; je sais cela. Et ensuite ?

– Permettez, mademoiselle : je raconte tout depuis le commencement. Nous sommes donc arrivées juste à l'heure du dîner. La pièce était pleine de monde. Il y avait celles de Kolbino, celles de Zakharievo, la femme de l'intendant avec ses filles, celles de Khloupino...

– Et Bérestov ?

– Attendez un peu, mademoiselle. Nous voici donc à table, la femme de l'intendant à la place d'honneur, moi à côté d'elle... même que ses filles firent la tête ; mais moi je crache sur elles...

— Ah ! Nastia, que tu es agaçante avec tes continuels détails.

— Comme vous êtes impatiente ! Alors voilà : nous sortons de table... et on y est bien resté près de trois heures ; et c'était un fameux dîner ! Pour dessert, du blanc-manger, bleu, rouge, panaché... Donc en sortant de table nous sommes allés jouer à colin-maillard dans le jardin et c'est alors que le jeune barine...

— Eh bien ! c'est vrai qu'il est si beau ?

— Extraordinairement beau ! Un bel homme, on peut le dire. Élancé, grand, les joues roses...

— Tiens ! Et moi qui croyais qu'il était pâle. Alors comment t'a-t-il paru ? Triste ? songeur ?

— Y pensez-vous ! De ma vie je n'ai vu pareil enragé. Il s'est mis à courir avec nous...

— Courir avec vous ! Ce n'est pas possible !

— C'est très possible. Et que n'a-t-il pas inventé ? Aussitôt qu'il en attrape une, il l'embrasse.

— Raconte ce que tu veux, Nastia, mais tu mens !

— Croyez ce que vous voulez, mais je ne mens pas ! Même que j'ai eu du mal à me débarrasser de lui. Et il s'est amusé comme ça avec nous toute la journée.

— Alors, pourquoi dit-on qu'il est amoureux et ne fait attention à personne ?

« – Ça, je n'en sais rien, mademoiselle. Tout ce que je peux dire c'est qu'il a bien fait attention à moi ; et à Tania ; et à la fille de l'intendant aussi ; et à Pacha de Kolbino encore ; ce serait péché de dire qu'il en a oublié une, le polisson !

– C'est curieux !... Et qu'est-ce que ses gens disent de lui ?

– On dit qu'il est un excellent barine ; et si bon, et si gai ! On ne lui reproche qu'une chose : de trop courir après les servantes. Mais à mon sens, ce n'est pas un défaut. Il se calmera avec l'âge.

– Ah ! que je voudrais le voir, dit Lisa en soupirant.

– Qu'est-ce qui vous en empêche ? Touguilovo n'est pas loin de chez nous : trois verstes en tout ; allez vous promener de ce côté-là, à pied ou à cheval, et vous êtes sûre de le rencontrer. Tous les jours, de bon matin, il part à la chasse avec son fusil.

– Y penses-tu ! Il irait croire que je cours après lui. Du reste, avec la brouille de nos parents, comment ferais-je sa connaissance ? Ah ! Nastia, sais-tu quoi ?... Si je m'habillais en paysanne...

– Ça, c'est une idée ! Mettez une chemise de grosse toile, un sarafane[3], et allez sans crainte à Touguilovo. Je vous réponds que Bérestov ne vous manquera pas.

– Et je parle très bien le patois d'ici ! Ah ! Nastia, ma chère Nastia, quelle excellente idée ! »

------

[3] Le sarafane est le vêtement national des jeunes paysannes. Il se compose d'un corsage sans manches, à décolletage carré, et d'une jupe montée sur ce corsage. Il est porté sur la chemisette à manches bouffantes. *(Note du correcteur – ELG.)*

Lisa se coucha bien résolue à mettre à exécution son plaisant projet. Le lendemain matin, elle envoya chercher au marché de la grosse toile, du nankin bleu, et des boutons de cuivre. Aidée de Nastia, elle se tailla une chemisette et un sarafane ; toutes les servantes se mirent à la couture, et le soir même tout fut prêt. Lisa essaya son nouveau costume et dut reconnaître devant le miroir que jamais encore elle ne s'était trouvée si jolie. Elle entra dans son rôle : saluant très bas tout en marchant ; hochant la tête de gauche et de droite, à la manière des magots chinois ; parlant patois ; elle riait en se cachant le visage avec sa manche... Bref, elle mérita la pleine approbation de Nastia. Une seule chose la gênait : lorsqu'elle avait essayé de marcher pieds nus dans la cour, elle n'avait pu supporter ni les herbes piquantes, ni les affreux cailloux. Mais, là encore, Nastia lui vint en aide : ayant pris la mesure du pied de Lisa, elle partit à la recherche de Trophime le berger, à qui elle commanda une paire de *lapti*.

Le lendemain, Lisa se réveilla avant l'aube. Toute la maison dormait encore. Nastia, devant la porte cochère, guettait le berger. On entendit son chalumeau et le troupeau du village défila devant la maison seigneuriale. Trophime, en passant, remit à Nastia une paire de petits lapti bigarrés et reçut cinquante kopeks. Lisa, sans bruit, s'habilla en paysanne ; à voix basse, elle donna à Nastia des instructions concernant miss Jackson, puis sortit par les communs et, traversant le potager, gagna les champs.

L'aurore brillait à l'orient ; des nuages en rangs dorés semblaient attendre le soleil, comme les courtisans attendent le souverain ; le ciel pur, la fraîcheur matinale, la rosée, la brise et les chants d'oiseaux remplissaient le cœur de Lisa d'une félicité enfantine. Dans la crainte de rencontrer quelqu'un de connaissance, elle marchait si vite qu'elle semblait voler. En approchant du bosquet où finissaient les terres de son père, Lisa ralentit le pas. C'est ici qu'elle attendrait Alexeï. Pourquoi son cœur battait-il si fort ? Mais l'appréhension qui accompagne les espiègleries de jeunesse n'en fait-elle pas le principal attrait ?

Lisa pénétra dans la pénombre du bosquet. Elle se sentit tout enveloppée d'une mystérieuse rumeur. Sa gaieté s'apaisa. Peu à peu elle s'abandonna à une douce rêverie. Elle songeait... mais peut-on savoir exactement à quoi songe une jeune fille de dix-sept ans, seule dans un bois, au seuil d'une matinée de printemps ?... Elle avançait donc rêveusement sur un chemin ombreux bordé de grands arbres, quand soudain surgit un beau chien d'arrêt, jappant après elle. Lisa prit peur et jeta un cri. Au même instant une voix se fit entendre : *Tout beau, Sbogar, ici !...* Et, sortant d'un buisson, apparut un jeune chasseur.

« N'aie pas peur, ma petite, dit-il à Lisa, mon chien ne mord pas. »

Lisa s'était déjà remise de sa frayeur ; elle sut aussitôt profiter des circonstances.

« J'ai peur tout de même, barine, dit-elle, avec un mélange de feinte terreur et de feinte timidité. Ton chien a l'air très méchant ; il va encore se jeter sur moi. »

Cependant Alexeï (le lecteur l'a déjà reconnu) regardait fixement la jeune paysanne.

« Si tu as peur, je te reconduirai, lui dit-il ; tu permets que je marche à côté de toi ?

– Qui t'en empêche ? Chacun est libre et la route est à tous.

– D'où es-tu ?

— De Priloutchino ; je suis la fille de Vassili le forgeron. Je vais aux champignons. (Lisa portait un petit panier suspendu à une cordelette.) Et toi, barine, n'es-tu pas de Touguilovo ?

— Si fait, répondit Alexeï ; je suis le valet de chambre du jeune barine. »

Alexeï voulait se mettre sur un pied d'égalité. Mais Lisa le regarda en éclatant de rire.

« Tu mens, dit-elle. Pas si bête ! Je vois bien que tu es le barine.

— Et qu'est-ce qui te fait croire cela ?

— Tout !

— Mais encore ?

— Comme si je ne savais pas reconnaître un barine d'un domestique ? Tu n'es pas habillé comme nous ; tu ne causes pas comme nous ; tu parles à ton chien dans une autre langue ! »

Alexeï était de plus en plus charmé par Lisa. D'habitude il ne se gênait guère avec les jolies villageoises. Il allait saisir Lisa par la taille, mais elle se recula vivement et prit soudain un air si froid et si sévère qu'Alexeï ne se retint pas de rire ; mais il n'osa poursuivre ses tentatives.

« Si vous voulez que nous soyons amis, surveillez un peu vos gestes, dit-elle avec dignité.

— Qui t'a appris ces manières ? demanda Alexeï en riant. Serait-ce mon amie Nastienka, la femme de chambre de votre maîtresse ? Et voilà comment les bonnes manières se transmettent ! »

Lisa sentit qu'elle allait se trahir et, se reprenant aussitôt :

« Crois-tu donc que je ne sache pas voir et entendre quand je me trouve chez les maîtres ? Mais de bavarder ainsi, ce n'est pas ce qui remplira mon panier, dit-elle. Va ton chemin, barine, et laisse-moi suivre le mien. Adieu ! »

Lisa voulut s'éloigner, Alexeï la retint par la main.

« Comment t'appelles-tu, ma petite âme ?

— Akoulina, répondit Lisa, en s'efforçant de libérer sa main. Mais lâche-moi, barine, il est temps que je rentre.

— Eh bien ! ma petite amie, je ne manquerai pas d'aller voir ton père Vassili le forgeron.

— Que dis-tu ? Au nom du Christ, n'y va pas ! s'écria Lisa avec vivacité. Si on apprenait chez moi que j'ai bavardé avec un barine, seule dans les bois, il m'arriverait un malheur : mon père me battrait à mort.

— Mais je veux absolument te revoir.

— Eh bien ! Je reviendrai encore chercher des champignons par ici.

— Et quand ?

— Demain, si tu veux.

— Chère Akoulina, je t'embrasserais bien ; mais je n'ose pas. Alors, demain, à la même heure, n'est-ce pas ?

— Oui, oui.

– Bien vrai ?

– Je le promets.

– Jure-le.

– Je le jure, par le Vendredi saint ».

Les jeunes gens se séparèrent. Lisa sortit du bois, traversa les champs, se glissa furtivement dans le jardin, et, courant à toutes jambes, gagna la ferme où Nastia l'attendait. Elle se changea bien vite, ne répondant que distraitement aux questions de l'impatiente confidente, et entra dans la pièce où le déjeuner tout servi l'attendait. Miss Jackson, déjà fardée et corsetée de manière à faire valoir une taille de guêpe, coupait le pain en fines tranches. Mouromski félicita Lisa pour sa promenade matinale.

« Rien n'est plus hygiénique, dit-il, que de se lever dès l'aube. »

Et de citer maints exemples de longévité, puisés dans des revues anglaises ; on pouvait observer, ajouta-t-il, que seuls dépassaient l'âge de cent ans ceux qui ne buvaient jamais de vodka et se levaient, été comme hiver, avec l'aube. Mais Lisa ne l'écoutait pas. Elle revivait tous les détails de sa rencontre matinale, de la conversation d'Akoulina avec le jeune chasseur... et elle était tourmentée de remords. En vain se persuadait-elle que leur entretien n'avait en rien dépassé les bornes de la bienséance, que cette espièglerie ne pouvait avoir aucune suite : sa conscience parlait plus haut que sa raison. Le rendez-vous du lendemain surtout l'inquiétait. Elle se sentait presque résolue à ne pas tenir son serment. Pourtant, si Alexeï, après une vaine attente, se mettait à chercher dans le village la fille du forgeron Vassili, la véritable Akoulina, cette grosse fille au visage grêlé, et découvrait la supercherie ?... Cette pensée épouvantait Lisa, et elle décida qu'Akoulina se rendrait de nouveau le lendemain matin dans le bosquet.

Alexeï, de son côté, était dans le ravissement. Il pensa tout le jour à sa nouvelle amie. La nuit, l'image de la belle enfant brune hanta ses rêves.

Le soleil se levait à peine, Alexeï était déjà tout habillé. Sans prendre le temps de charger son fusil, il sortit avec son fidèle Sbogar et courut au lieu du rendez-vous. Près d'une demi-heure s'écoula dans une intolérable attente. Enfin, il aperçut à travers les buissons un sarafane bleu et aussitôt s'élança à la rencontre de sa chère Akoulina. Celle-ci sourit aux transports de sa reconnaissance : mais Alexeï lut aussitôt sur son visage des traces d'inquiétude et de tristesse. Il voulut en connaître la cause. Lisa lui avoua qu'elle se reprochait la liberté de sa conduite, qu'elle s'en repentait, que, pour cette fois, elle n'avait pas voulu manquer à sa parole, mais que ce rendez-vous serait le dernier, et qu'elle le priait de couper court à des rapports qui ne pouvaient conduire à rien de bon. Bien que tout ceci fût dit en patois, des sentiments et des pensées si rares chez une fille du peuple ne laissèrent pas de frapper Alexeï. Il déploya toute son éloquence pour détourner Akoulina de sa résolution ; il l'assura de l'innocence de ses propres intentions ; il lui promit de ne jamais l'entraîner à rien dont elle eût à se repentir et de lui obéir en tout, mais la conjura de ne pas le priver de son unique bonheur : la voir seule, ne fût-ce que tous les deux jours, ne fût-ce que deux fois par semaine. Il parlait le langage de la vraie passion et en cet instant il était bien réellement amoureux. Lisa l'écoutait en silence.

« Promets-moi, lui dit-elle enfin, de ne jamais me chercher dans le village, de ne jamais interroger sur moi personne. Promets-moi de ne pas me demander d'autres rendez-vous que ceux que je t'accorderai de moi-même. »

Alexeï voulait jurer par le Vendredi saint, mais elle l'arrêta, en souriant.

« Je n'ai pas besoin d'un serment, dit Lisa ; ta promesse me suffit. »

Alors ils causèrent amicalement et se promenèrent dans les bois jusqu'au moment où Lisa lui dit : « Il est temps. » Ils se quittèrent.

Resté seul, Alexeï se demanda comment une simple petite villageoise, qu'il n'avait rencontrée que deux fois, avait pu prendre sur lui tant d'empire. Ses relations avec Akoulina gardaient encore pour lui le charme de la nouveauté ; et, bien que les exigences de l'étrange paysanne lui parussent bien rigoureuses, il ne songea pas un instant à ne pas tenir sa promesse. C'est aussi que, malgré sa bague fatale, malgré sa correspondance mystérieuse, malgré ses sombres airs désabusés, Alexeï était un garçon bon et ardent, au cœur pur, capable d'apprécier les charmes de l'innocence.

Si je n'écoutais que mes goûts, je ne manquerais point de décrire en détail les rencontres des jeunes gens, leur penchant mutuel et leur confiance grandissante, leurs occupations, leurs causeries, mais je doute si tous mes lecteurs partageraient ici mon plaisir. Ces descriptions, généralement, paraissent fades ; je prendrai donc le parti de les omettre et dirai seulement qu'au bout de deux mois à peine, Alexeï était éperdument amoureux. Lisa, bien que plus réservée, n'était pas moins éprise. Tous deux jouissaient du présent et songeaient peu à l'avenir. La pensée de liens indissolubles traversait souvent leur esprit ; mais ils n'en parlaient jamais. La raison en est claire. Alexeï malgré tout son attachement ne pouvait oublier la distance qui le séparait d'une simple paysanne ; quant à Lisa, elle connaissait trop la haine qui divisait leurs pères pour oser espérer un accommodement.

Ajoutons que son amour-propre se trouvait secrètement piqué, par un obscur et romanesque espoir de voir enfin le seigneur de Touguilovo aux pieds de la fille du forgeron de Priloutchino. Un événement considérable faillit subitement modifier leurs rapports.

Par une matinée claire et froide (comme celles dont notre automne russe est prodigue), Ivan Pétrovitch Bérestov sortit à cheval pour une promenade ; il emmenait avec lui, à tout hasard, trois paires de lévriers, un piqueur et plusieurs gamins munis de crécelles. De son côté, Grigori Ivanovitch Mouromski se laissa séduire par le beau temps : ayant fait seller sa jument anglaise, il partit au trot pour faire le tour de ses domaines. Il approchait du bois, lorsque apparut son voisin, vêtu d'une casaque doublée de renard, fier et droit en selle, dans l'attente du lièvre que les cris et les crécelles des gamins devaient débusquer. Si Grigori Ivanovitch l'avait vu d'assez loin, il aurait assurément tourné bride pour prévenir cette rencontre. Mais il tomba sur Bérestov inopinément. Celui-ci se trouva tout à coup en face de lui à la distance d'une portée de pistolet. Il n'y avait plus à reculer. Mouromski, en Européen civilisé, s'approcha de son ennemi et lui fit un salut courtois. Le salut que lui rendit Bérestov avait autant de grâce que celui d'un ours, docile aux ordres de son montreur. Au même instant un lièvre sortit du bois et bondit à travers champs ; Bérestov et son piqueur donnèrent aussitôt de la voix et, lâchant les chiens, s'élancèrent au galop. La jument de Mouromski, qui n'avait jamais pris part à une chasse, fit un écart et s'emballa. Mouromski se flattait d'être un excellent cavalier. Il rendit donc la main, ravi, dans son for intérieur, du hasard qui le dérobait à une rencontre désagréable. Mais la jument, devant un fossé qu'elle n'avait pas aperçu, se jeta soudain de côté, et Mouromski, désarçonné, tomba lourdement sur la terre gelée. Il restait là, étendu, maudissant sa jument, qui, sitôt qu'elle se sentit sans cavalier, s'arrêta. Ivan Pétrovitch accourut au galop et demanda à Grigori Ivanovitch s'il n'était pas blessé. Le piqueur ramena par la bride la jument coupable et aida Mouromski à se remettre en selle. Bérestov cependant insista pour le ramener à Touguilovo. Mouromski qui se sentait son obligé ne put refuser. C'est ainsi que Bérestov rentra couvert de gloire : il rapportait un lièvre et ramenait son ennemi blessé comme il eût fait d'un prisonnier de guerre. Pendant le déjeuner, la conversation se fit assez cordiale. Mouromski avoua que ses contusions l'empêcheraient de remonter à cheval, et, pour rentrer chez lui, demanda à Bérestov une voiture. Bérestov l'accompagna jusqu'au perron et Mouromski ne partit qu'après avoir fait solennellement promettre à son voisin de venir dîner le lendemain à Priloutchino avec Alexeï Ivanovitch, en amis.

C'est ainsi qu'une ancienne inimitié aux racines profondes prit fin, grâce à l'humeur craintive d'une jument anglaise.

Lisa accourut au-devant de Grigori Ivanovitch.

« Mais, qu'est-ce qu'il y a, papa ? Vous boitez ! dit-elle avec étonnement. Où est votre cheval ? À qui est cette voiture ?

– Voilà ce que tu ne devineras jamais, *my dear* », lui répondit Grigori Ivanovitch, et il lui raconta toute l'histoire.

Lisa n'en croyait pas ses oreilles. Grigori Ivanovitch, sans lui laisser le temps de se ressaisir, lui annonça qu'il attendait les deux Bérestov à dîner le lendemain. « Qu'est-ce que vous dites ? s'écria Lisa en pâlissant. Les Bérestov, le père et le fils, à dîner chez nous, demain ! Non, non, papa ! Faites ce que vous voudrez ; quant à moi, je ne me montrerai pour rien au monde !

– As-tu perdu la raison ? répliqua le père. Tu n'es pourtant pas si timide... ou bien aurais-tu hérité de ma haine, comme une héroïne de roman ? Allons, pas d'enfantillage !...

– Non, papa ! non, pour rien au monde ; pour tout l'or du monde, je ne paraîtrai pas devant eux ! »

Grigori Ivanovitch haussa les épaules et cessa de discuter. Il connaissait l'esprit de contradiction de sa fille, et, sachant que rien ne la ferait céder, il alla se reposer de cette mémorable aventure.

Lisavéta Grigorievna se retira dans sa chambre et fit venir Nastia. Toutes deux épiloguèrent longuement sur cette visite du lendemain. Que penserait Alexeï s'il venait à reconnaître dans la fille du barine son Akoulina ?... Que penserait-il de sa conduite et de son bon sens ? Et pourtant, quel amusement d'observer sur Alexeï l'effet d'une révélation si surprenante !

« J'ai une idée merveilleuse ! » s'écria tout à coup Lisa.

Elle en fit part à Nastia ; toutes deux s'en amusèrent et ré-solurent de la mettre à exécution.

Le lendemain, à déjeuner, Grigori Ivanovitch demanda à sa fille si elle était toujours décidée à ne pas se montrer aux Béres-tov.

« Puisque vous le désirez tant, répondit Lisa, je les rece-vrai ; mais à une condition : de quelque façon que je me pré-sente, et quoi que je fasse, promettez-moi de ne point me gron-der et de ne manifester ni surprise, ni mécontentement.

– Encore quelque gaminerie, dit Grigori Ivanovitch en riant ; mais soit ! J'y consens. Fais ce que tu voudras, ma petite gipsy. »

Il embrassa sa fille sur le front, et celle-ci courut se prépa-rer.

À deux heures précises, une calèche campagnarde attelée de six chevaux entra dans la cour et contourna la pelouse. Escorté de deux valets de pied de Mouromski, le vieux Bérestov gravit le perron. Son fils arriva à cheval aussitôt après lui, et tous deux entrèrent dans la salle à manger, où le couvert était déjà mis. Mouromski reçut ses voisins on ne peut plus aimablement ; il leur fit visiter avant le dîner le jardin et la ménagerie, et les promena le long d'allées de sable fin soigneusement entretenues.

« Que de travail et de temps gaspillés à de vaines fantaisies ! » déplorait intérieurement le vieux Bérestov ; mais il se taisait par politesse. Son fils ne partageait ni la réprobation du propriétaire économe, ni la satisfaction infatuée de l'anglomane ; il ne songeait qu'à la jeune fille dont on lui avait tant parlé et dont il attendait l'apparition avec impatience. Car bien qu'épris déjà – nous le savons – une jeune beauté avait toujours droit à son attention.

En rentrant au salon, ils s'assirent tous les trois ; les vieux évoquèrent le passé, et se racontèrent des anecdotes du temps de leur service. Alexeï pensait au rôle qu'il jouerait en présence de Lisa. Il jugea que le mieux serait de prendre une attitude indifférente ; il s'y préparait.

En entendant la porte s'ouvrir, il tourna la tête avec une nonchalance si hautaine que le cœur de la coquette la plus assurée en eût frémi. Par malheur, au lieu de Lisa, ce fut la vieille miss Jackson, maquillée, sanglée, les yeux baissés, qui entra en faisant une légère révérence. Et Alexeï en fut pour sa parfaite manœuvre. À peine avait-il eu le temps de se remettre que la porte s'ouvrit de nouveau, et cette fois ce fut Lisa qui entra. Tout le monde se leva. Mouromski commença les présentations, mais soudain s'arrêta en se mordant les lèvres... Lisa, sa brune Lisa, le visage enduit de blanc jusqu'aux oreilles, et les yeux plus fardés encore que ceux de miss Jackson, s'était affublée d'une perruque aux boucles blondes et crêpelées à la Louis XIV, beaucoup plus claire que ses propres cheveux ; un corsage aux manches *à l'imbécile,* et raides comme les paniers de Mme de Pompadour, lui faisait une taille d'X ; à ses doigts, à son cou, à ses oreilles, scintillaient tous les diamants de sa mère non encore engagés au mont-de-piété. Comment Alexeï aurait-il pu reconnaître son Akoulina dans cette demoiselle étincelante et ridicule ? Le vieux Bérestov lui baisa la main ; Alexeï suivit son exemple à contrecœur. Lorsque ses lèvres effleurèrent les petits doigts blancs, il lui sembla que ceux-ci tremblaient. Il sut remarquer un petit pied chaussé avec toute la coquetterie possible, et que l'on avançait à dessein ; ce petit pied le réconcilia quelque peu avec le reste de la parure. Quant aux fards, Alexeï, dans la simplicité de son cœur, ne les remarqua même pas.

Grigori Ivanovitch, tenu par sa promesse, s'efforçait de ne point trahir sa stupeur ; mais l'espièglerie de sa fille lui parut si divertissante qu'il eut peine à se contenir. La vieille Anglaise guindée ne riait guère. Elle se doutait bien que les fards avaient été dérobés dans sa commode, et tout le blanc de ses joues ne parvint pas à couvrir la rougeur de son violent dépit. Elle jetait des regards courroucés sur la jeune écervelée qui n'en avait cure et qui remettait toute explication à plus tard.

On se mit à table. Alexeï continuait à jouer son rôle d'indifférent et de rêveur. Lisa minaudait, ne parlait qu'en français et du bout des lèvres, avec une lenteur affectée. Son père la dévisageait sans cesse, ne parvenant pas à comprendre la raison de cette comédie ; au demeurant fort amusé. L'Anglaise rageait, mais en silence. Seul Ivan Pétrovitch était tout à fait à son aise. Il mangeait comme quatre, buvait ferme, s'esclaffait à ses propres saillies, de plus en plus hilare et cordial. Enfin on se leva de table ; les invités s'en allèrent, et Grigori Ivanovitch put donner libre cours à son rire et à ses questions.

« Veux-tu me dire à quoi rime cette mystification ? demanda-t-il à Lisa. Pour ce qui est du blanc, il te va vraiment à ravir ; je n'ai pas à entrer dans les secrets de la toilette féminine, mais si j'étais toi, j'en mettrais toujours... Peut-être un peu moins, tout de même. »

Lisa s'applaudissait du succès de sa ruse. Elle embrassa son père, lui promit de réfléchir à son conseil et courut apaiser miss Jackson ; celle-ci, fort irritée, fit beaucoup de façons avant de consentir à ouvrir sa porte et à prêter l'oreille à des explications : Lisa avait honte de laisser voir à des étrangers son teint basané... elle n'avait pas osé demander... mais elle était très sûre que la bonne, la chère miss Jackson lui pardonnerait, etc., etc. Miss Jackson, qui craignait d'abord que Lisa n'eût cherché à la tourner en ridicule, se calma, l'embrassa et, en gage de réconciliation, lui fit cadeau d'un petit pot de blanc anglais, que Lisa accepta avec les marques de la plus vive reconnaissance.

Le lecteur aura deviné que Lisa n'eut garde, le lendemain matin, de manquer au rendez-vous du bosquet.

« Eh bien ! barine, tu as été hier chez nos maîtres ? dit-elle aussitôt à Alexeï. Comment as-tu trouvé la demoiselle ? »

Alexeï répondit qu'il l'avait à peine regardée.

« C'est dommage, reprit Lisa.

– Et pourquoi donc ? demanda Alexeï.

– Parce que je voulais te demander si ce qu'on dit est vrai.

– Et que dit-on ?

– Que je ressemble à la demoiselle.

– Quelle absurdité ! c'est un monstre auprès de toi !

– Ah ! barine, quel péché de parler ainsi ! Une demoiselle si blanche, si élégante ! Tandis que moi... »

Alexeï protesta qu'elle l'emportait sur les plus blanches demoiselles, et pour achever de la rassurer, commença de décrire l'autre avec une verve si comique que Lisa se mit à rire de tout cœur. Puis, avec un soupir :

« Pourtant, dit-elle, si peut-être notre demoiselle est un peu ridicule, je ne suis, à côté d'elle, qu'une petite sotte : je ne sais ni lire ni écrire.

– Bah ! fit Alexeï, il n'y a pas là de quoi se désoler : si tu veux, je t'apprendrai vite tout cela.

– Eh bien ! dit Lisa, on pourrait peut-être essayer.

– Bien volontiers, ma charmante ; mettons-nous-y tout de suite. »

Ils s'assirent. Alexeï tira de sa poche un crayon et un petit carnet. Akoulina apprit ses lettres avec une surprenante facilité. Alexeï admirait son intelligence. Le lendemain matin, elle voulut apprendre à écrire ; le crayon tombait d'abord de ses doigts gauches, mais, au bout de quelques minutes, elle parvint à former les lettres assez convenablement.

« Quel prodige ! disait Alexeï ; elle avance plus rapidement encore que par la méthode Lancastre. »

Et dès la troisième leçon, Akoulina épelait *Nathalie, fille de boïar.* Elle interrompait sa lecture par des réflexions qui ne cessaient de plonger Alexeï dans le ravissement, et, de plus, elle avait couvert une feuille de papier d'aphorismes tirés de ce conte.

Bientôt une correspondance s'établit entre eux. La boîte aux lettres fut installée dans le creux d'un vieux chêne. La discrète Nastia jouait le rôle de facteur... Alexeï confiait au chêne des missives en larges caractères ; il trouvait dans la cachette les feuilles de gros papier bleu couvert des griffonnages de sa bien-aimée. Le style d'Akoulina allait s'améliorant ; son intelligence se développait ; elle faisait des progrès sensibles.

D'autre part les nouvelles relations entre Ivan Pétrovitch Bérestov et Grigori Ivanovitch Mouromski devenaient de plus en plus cordiales ; c'était déjà presque de l'amitié ; et voici comment cela s'explique : Alexeï, à la mort d'Ivan Pétrovitch, devait hériter tous ses biens et, par conséquent, devenir le plus riche propriétaire foncier de la province ; c'est ce que savait Mouromski et souvent il se redisait qu'Alexeï n'aurait aucune raison de ne pas épouser Lisa. Le vieux Bérestov, de son côté, reconnaissait à son voisin, en dépit de ses extravagances (ce qu'il appelait ses folies anglaises), de nombreuses et remarquables qualités, à commencer par l'*avisance*. Grigori Ivanovitch était proche parent du comte Pronski, personnage bien né et puissant. Le comte pouvait être utile à Alexeï, et Mouromski (ainsi pensait Ivan Pétrovitch) ne laisserait pas de se féliciter si sa fille faisait un avantageux mariage. Les deux vieux y pensaient tant et si bien qu'un jour vint où ils s'en expliquèrent. Ils s'embrassèrent et se promirent de mener à bien ce projet ; chacun de son côté se mit à l'œuvre. La difficulté pour Mouromski était de décider Betsy à faire plus ample connaissance avec Alexeï, qu'elle n'avait pas revu depuis le mémorable dîner. Nos deux jeunes gens, semblait-il, ne se plaisaient guère ; Alexeï n'était plus retourné à Priloutchino, et Lisa se retirait dans sa chambre chaque fois qu'Ivan Pétrovitch les honorait de sa visite. « Mais, pensait Grigori Ivanovitch, il suffirait qu'Alexeï vienne ici chaque jour pour que Betsy, nécessairement, tombe amoureuse. Cela n'est-il pas dans l'ordre des choses ? Le temps arrange tout. »

Quant à Ivan Pétrovitch, il ne doutait pas de la réussite. Le soir même il fit venir son fils dans son cabinet, alluma une pipe, et, après un court silence, lui dit :

« Depuis longtemps, Aliocha, tu ne parles plus d'entrer dans l'armée. Pourquoi ? L'uniforme de hussard ne te séduit donc plus ?

— Mais, mon père, répondit respectueusement Alexeï, je sais qu'il ne vous plaît pas que je devienne hussard ; mon devoir est de vous obéir.

— Parfait, répondit Ivan Pétrovitch ; j'ai plaisir à te savoir docile ; cela me rassure. Mais je ne veux pourtant pas te contraindre : je ne t'oblige pas à te... à accepter tout de suite... un poste dans l'administration. Mais en attendant j'ai l'intention de te marier.

— Avec qui donc, mon père ? demanda Alexeï, étonné.

— Avec Lisavéta Grigorievna Mouromski, répondit Ivan Pétrovitch ; une fiancée qui n'a pas sa pareille ; n'est-il pas vrai ?

— Mais, mon père, je ne songe pas encore au mariage !

— Tu peux bien ne pas y songer, mais moi, j'y ai pensé et repensé pour toi.

— Tout à votre aise, mon père ; mais Lisa Mouromski ne me plaît pas.

— Elle te plaira plus tard. L'amour vient avec le temps.

– Je ne me sens pas capable de faire son bonheur.

– Qui parle ici de son bonheur ? Ainsi tu refuses d'obéir à ton père ?

– Je ne veux pas me marier et je ne me marierai pas !

– Tu te marieras, ou je te maudirai ! Quant aux terres, je jure Dieu que je les vendrai, que je mangerai tout et que tu n'auras pas un liard ! Je te laisse trois jours pour réfléchir. D'ici là, ne t'avise pas de reparaître devant moi. »

Alexeï ne savait que trop, si son père se mettait une idée en tête, qu'on ne l'en pourrait « arracher même avec une tenaille », suivant l'expression de Tarass Skotinine ; mais Alexeï avait hérité cela de son père : il était tout aussi difficile de le faire changer d'avis.

Il se retira dans sa chambre pour se livrer à des réflexions sur le pouvoir paternel ; puis il songea à Lisavéta Grigorievna, à la menace de son père de le réduire à la mendicité, puis enfin à Akoulina. Et pour la première fois il dut convenir qu'il était passionnément épris. La romanesque idée d'épouser une paysanne et de devoir travailler pour vivre lui vint à l'esprit, et plus il y pensait, plus cela lui paraissait raisonnable.

Depuis quelque temps, leurs rendez-vous étaient empêchés par les pluies. Alexeï, de sa plus lisible écriture et du style le plus passionné, écrivit à Akoulina une lettre où il lui annonçait la catastrophe qui les menaçait ; il terminait en lui offrant sa main. Il courut porter la lettre dans le creux de l'arbre, puis rentra se coucher, fort satisfait de lui-même.

Le lendemain, bien assuré dans sa résolution, il se rendit de bon matin chez Mouromski pour avoir avec lui une explication bien franche. Il espérait le toucher, le convaincre ; il ferait appel à sa générosité pour s'assurer de son appui.

« Grigori Ivanovitch est-il chez lui ? demanda-t-il, en arrêtant son cheval devant le perron du château de Priloutchino.

— Non, monsieur, répondit le domestique. Grigori Ivanovitch est sorti ce matin de bonne heure. »

« Quel dommage ! » pensa Alexeï.

« Lisavéta Grigorievna, du moins, est-elle à la maison ?

— Oui, monsieur. »

Alexeï sauta à terre, jeta la bride aux mains du valet et entra sans se faire annoncer.

« Le sort en est jeté, pensa-t-il en s'approchant du salon ; c'est avec elle-même que je m'expliquerai. »

Il entra donc... et s'arrêta stupéfait. Lisa... non : Akoulina, la chère, la brune Akoulina, non plus en sarafane, mais en blanc déshabillé du matin, assise auprès de la fenêtre, lisait sa lettre. Elle était si absorbée dans sa lecture qu'elle ne l'entendit pas entrer. Alexeï ne put retenir une exclamation joyeuse. Lisa tressaillit, poussa un cri ; elle allait s'enfuir, mais s'élançant vers elle, Alexeï la retint :

« Akoulina ! Akoulina !...

— *Mais laissez-moi donc, monsieur ; mais êtes-vous fou ?* disait-elle en se détournant de lui.

— Akoulina ! mon Akoulina bien-aimée ! » disait-il, en lui baisant les mains.

Miss Jackson, témoin de cette scène, ne savait que penser.

À cet instant la porte s'ouvrit, laissant entrer Grigori Ivanovitch.

« Eh ! eh ! fit Mouromski. L'affaire me paraît en bonne voie... »

Le lecteur, ici, me fera grâce ; je le laisse imaginer le dénouement.